「赤い影のダンジョン」にて
「あなたに言ったんですのよ。そこをどいてくださいませ」
マリア・ファインゴールド
Maria Finegold
「えーっと、もしかしてきみこのダンジョンに入るつもりなの？」
佐倉真琴
Sakura Makoto

《閃光の紅蓮団》との再会
神代閃一
Kamishiro Senichi
「お久しぶりです佐倉さん。いやあ〜こんなところで再会するなんて奇遇というかなんというか」
「そんなことどうでもいいじゃないの。それより元気だった、佐倉っ？」
長澤紅子
Nagasawa Beniko
「あ、あの……佐倉さん、お久しぶりです……え、えっと……」
水川蓮華
Mizukawa Renge

「おい、そろそろ行こうぜ」
海道光
Kaido Hikaru
「えっ、えっ、えっ。
な、なんですのっ!?
真琴様と閃光の紅蓮団の皆様は
お知合いなんですのっ!?」

ある日の水族館にて
「クラゲが好きなのか？」
「はい。すごく神秘的で幻想的で
わたしすごく好きなんです……
あっ、あのクラゲはミズクラゲといって
鑑賞用にペットとして
飼われることもあるクラゲなんですよっ。
きれいだな～」

シオヤマ琴
illust. トモゼロ
～スキル【経験値1000倍】と【レベルフリー】でレベル上限の枷が外れた俺は無双する～
最強で最速の
無限レベルアップ

CONTENTS

イラスト：トモゼロ　デザイン：石田 隆（ムシカゴグラフィクス）

プロローグ

俺の名前は佐倉《さくら》真琴《まこと》。十六歳。

高校一年の春、ちょっとしたいさかいを起こし高校を退学になってからは家で引きこもりの生活を送っていた。

もともと義理の母とは折り合いが悪かったのに日がな一日家にいることで関係はさらに悪化、ついには父を巻き込んでの大喧嘩《げんか》にまで発展した。

俺はその日に家を飛び出し公園で寝泊まりすることを決意する。

そのわずか二日後のことだった。世界中に突如としてダンジョンが出現したのは。

ダンジョンが現れて世界は一変した。

まず人間にレベルシステムが発現した。これによりこれまでの常識や価値観が崩れていった。

人間の価値が学歴や年収、性格や見た目といったものから《レベル》へと次第に変わっていった。

どうしてそうなったか……答えは単純だ。

レベルが高ければ高いほどその人間は強いからだ。

ダンジョン内では様々なアイテムを手に入れることが出来るのだが、そのどれもが現代科学では説明できないものばかり。

世界各国はそんな貴重なアイテムを他国に渡すまいと躍起になり、自国でのダンジョン探索者を多く募った。

探索者には異常なほどの優遇制度が導入され所得税の免除などがなされた。逆にダンジョンに入らない者は極端に冷遇された。

持ち帰ったアイテムは自国が高額で買い取ってくれるため、これを機に仕事を辞め探索者になる者も続出し、街はスーツや洋服を着た人よりもファンタジーゲームのような恰好《かっこう》をした人であふれていた。

高ランクのダンジョンほどレアアイテムが手に入る。

だが同時に高ランクのダンジョン内には手強《てごわ》い魔物がわんさといる。

なのでそういった魔物を倒すことの出来るレベルの高い探索者は、国にとって最も必要な存在となっていた。

前述したとおり今、人間の価値はレベルというものに徐々に一本化されつつある。

そしてダンジョンが現れてから八ヵ月経《た》った現在、探索者は畏怖と畏敬の念を込めてこう呼ばれている。

《プレイヤー》と。

第一章　佐倉《さくら》真琴《まこと》

青森県某所にある［白い地のダンジョン］地下五階にて。


「……おい大丈夫かっ！　おい、しっかりしろっ！」

耳元で騒がしい声がする。

「亜矢《あや》、早くこっちに来てくれっ！　少年が倒れてるんだっ！　おい何があった、おいっ！」

誰かが俺の体を揺すっている。

なんなんだ一体……？

「亜矢、早く回復魔法をっ」

「あっ比呂《ひろ》にぃ待って。その人、気がついたみたいよっ」

「おおっ、ほんとだっ。おい、お前大丈夫かっ！」

「……うん」

目を開けると目の前には、三十代半ばくらいのあごひげを生やした男性と二十歳そこそこの髪の長い女性が心配そうに俺をみつめていた。

「何があったんだっ？　どうしてこんなところで倒れていたんだっ？　魔物に襲われたのかっ？」

男性が矢継ぎ早に質問してくる。

「……」

この人が俺を起こしたのか。

せっかくいい夢を見ていたというのに……。

「おい、どうした？　なんとか言ってくれっ」

「ちょっと比呂にぃってば、落ち着きなよ……ねぇきみ大丈夫？」

女性は俺の顔を覗《のぞ》き込《こ》んで言った。

「……ええ、大丈夫ですよ」

「おいなんだよ、喋《しゃべ》れるじゃねぇかよ。だったら大丈夫なら大丈夫って早く言ってくれよなっ。無駄に心配しちまったじゃねぇか、まったくようっ」

男性はオーバーリアクションとともに俺の肩をばしばし叩《たた》く。

「比呂にぃ、叩きすぎだってば」

「あっわりぃわりぃ。だってよ、壁を背にしてぐったりしてるもんだからみつけた時はてっきり死んでるのかと思ったくらいだったんだぜっ」

と男性がぼさぼさの髪を掻《か》きながら話す。

どうやら単に俺を心配して起こしてくれただけで悪い人たちではなさそうだ。

「すいません、心配をおかけしたみたいで。うとうとしてたらつい眠っちゃって……」

「ついって、お前なぁ。こんなところで寝る奴《やつ》があるかよ」

「二度とこんな場所で眠っちゃ駄目よ。魔物がいつ襲ってくるかわからないんだからね」

「はぁ、どうも」

俺ならどんな魔物が寝込みを襲ってこようがまったく問題ないんだけどな。と思いつつも一から説明するのは面倒なので適当に返事をしておく。

「私は工藤《くどう》亜矢、大学二年生。こっちのうるさいのは工藤比呂、私の兄よ。あなたは？」

「俺は佐倉《さくら》真琴《まこと》です。高……十六歳です」

一瞬高校一年生と言いかけてから今は違うと思い返し言い直した。

「へ～、なんか可愛《かわい》い名前だね。私より女の子っぽいかも」

「おい亜矢。男は可愛いなんて言われてもちっとも嬉《うれ》しくないんだからやめろよな」

「あ、そうなの？　ごめんね真琴くん、さっきのは忘れて」

亜矢さんは手を合わせ申し訳なさそうな顔をする。

「別に謝らなくてもいいですよ」

背が低く中性的な顔立ちの俺は良くも悪くも昔から可愛いと言われ慣れている。

特段嬉しくはないが嫌でもない。

「私たち黄昏《たそがれ》の旅団ていうチームを組んでいるんだけど真琴くんは？」

「まさか一人ってことはねぇよな」

チームか……懐かしい。

俺もこの世界にダンジョンが現れた当初はとあるチームに属していた。いや、少しの間行動を共にしていただけか。

　だがそこでも高校同様馴染《なじ》むことは出来なかった。

「一人ですよ。俺はチームには入っていませんから」

「えっ嘘《うそ》っ⁉」

「ソロプレイヤーってことかっ⁉　マジかよっ」

　俺の返答に亜矢さんと比呂さんは驚きの声を上げた。

「そんなに驚かなくても。比呂さんたちだって二人じゃないですか」

「おれたちは二人じゃねぇよ。ほかの仲間ならすぐそこの部屋で待機してるぜ」

「待機？」

　どういうことだろう。

「私には魔物の気配を探るスキル、比呂にぃには罠《わな》を見破るスキルがあるから私たちはチームの仲間より一足先に通路を確認していたのよ」

「そこでお前が壁に寄りかかってるのを発見したってわけだ」

「そうだったんですか」

「おれたちは全員で六人のチームだ。それぞれ役割があるのさ」

　この二人はさしずめ危険を察知する先遣隊といったところだろうか。

　チームには欠かせない存在なんだろうな。

「それより真琴はソロで平気なのかよ。ここランクQのダンジョンだぞ」

「そうよ。私たちみんなレベル30以上だけど六人いてようやく地下五階まで下りてこれたところなんだから」

「はあ……」

比呂さんが言った通り今俺たちがいるのはランクQのダンジョン。

ダンジョンにはAからZまでランク分けがされており、Aに近付くほど難易度は高くなっていく。

なのでランクQのダンジョンは主に中級プレイヤー向けの狩場となっている。

日本にあるランクQのダンジョンはここのほかに合計四つ存在しており、今いるここは通称白い地のダンジョンと呼ばれている。

「真琴くんはレベルいくつなの？　ソロでも平気ってことは60くらい？」

「おいおい、何言ってんだ亜矢。そんなことあるはずないだろうが。レベル60っていったらおれたちの倍じゃねぇか」

「でもソロならレベルが上がるのも私たちより早いはずよ」

「そうとは限らねぇぞ。経験値の高い魔物を一人で倒すのは大変だからな。そうだろ真琴？」

比呂さんが鋭い眼光で俺を見る。

「え、ええ。そうですね」

「おそらくだが真琴はお前と似たようなスキルを持ってるんじゃねぇかな」

と亜矢さんに向かって言った。

「私と……ってことは魔物を察知するスキルってこと？　そうなの真琴くん？」

「絶対そうだぜ。魔物から逃げながらアイテムだけ拾ってるんだろ。だから、そうだなぁ……レベルはいいとこ25くらいか」

「ちょっと比呂にぃ、私は真琴くんに訊《き》いてるんだから黙っててよ」

「実の兄に向かって黙ってろとはなんだ」

「黙ってろなんて言ってない、黙っててって言ったの」

「同じだろうがっ」

「同じじゃないっ」

二人は俺を置き去りにして話をヒートアップさせていく。

はぁ……どっちでもいいからそろそろどっか行ってくれないかなこの人たち。

◇◇◇

すると突然、

「きゃあぁぁぁーっ！」

と女性の悲鳴がダンジョン内に響き渡った。

「っ!?　この声は結衣《ゆい》かっ!?」

「そうよ。結衣たちに何かあったんだわきっと。比呂にぃ、早く戻りましょっ！」

「お、おう！」

比呂さんと亜矢さんの仲間の声だったようで二人は顔を見合わせると声のした方へと駆け出す。

「わりぃ真琴、また今度なっ」

「真琴くんも気をつけてっ」

俺に早口で声を飛ばすと二人はそのまま通路の角を曲がっていってしまった。

「……ふぅ～」

俺は二人の背中を見送ってからようやく一人になれたことに安堵《あんど》し一息つく。

久しぶりに人と話をしたがやはり俺はコミュニケーション能力が他人より劣っているのだろう、精神的にかなり疲弊した。

「まあ何はともあれ、これでもうひと眠りできるな」

つぶやくと俺はダンジョンの壁を背にしてゆっくりと目を閉じた。

「……」

だがさっきの二人のことが気になってどうにも眠れない。

……今しがた聞こえた悲鳴もなんだったんだろうな。

ふと疑問が頭をよぎったその時、

「いやあぁっ！　結衣っ！」

「な、なんだこいつはっ⁉」

亜矢さんと比呂さんの声が俺の耳に届いてきた。

「……っ」

他人とかかわるのはもうやめよう。

過去の過ちからそう心に決めていた俺だったが、

「……くそっ」

気付けば俺は二人のもとへと走り出していた。

角を曲がって一つ二つと部屋を抜けると俺は開けた空間に出た。

そこで比呂さんと亜矢さんの後ろ姿を視界にとらえたが、それとほぼ同時にむごたらしい惨状が俺の目に飛び込んできた。

『ウウウ……！』

体長四メートルほどの牛のような顔をした筋骨隆々の魔物が、女性の頭部を鷲掴《わしづか》みにして高々と持ち上げていたのだ。

そしてその魔物の足元には血の海ができていて、胴体を引き裂かれた三人の男性の死体が転がっていた。

「ミノタウロスっ？」

俺はその魔物を知っていた。

ミノタウロス。

それは白い地のダンジョンに群れを成して棲《す》んでいる凶悪な魔物だった。

ダンジョンに侵入したプレイヤーを決して許すことはなく、出遭った者は一人残らず殺すとされているダンジョンの番人だ。

「でもなんでこんなところに……？」

ここは地下五階。俺の経験則では、ミノタウロスは白い地のダンジョンの最下層である地下十五階から地下二十階にしか存在しないはずなのだが。

「きゃああぁぁぁぁぁ……！」

「結衣ーっ！」

みしみしと今にも頭を潰されそうな女性を見て声を上げる亜矢さん。

そんな亜矢さんの悲痛な叫びに、

「このやろーっ、結衣を放せぇっ！」

比呂さんが危険をかえりみずミノタウロスの懐に入っていった。

持っていた剣でミノタウロスに斬りかかる。

ザシュッ。

比呂さんの渾身《こんしん》の一撃はミノタウロスの腹を斬り裂いた。

返り血が宙を舞う。

『ウウウウッ……！』

比呂さんの攻撃にひるんだミノタウロスは後ろにのけぞり、その拍子に女性を掴《つか》んでいた手を放した。

どさっと女性が地面に落ちる。

「結衣っ！」

亜矢さんは女性のもとにすぐに駆け寄ると、

「スキル、回復魔法ランク４っ」

回復の魔法を発動させた。

へー、ランク４か。

レベル30そこその割にはなかなかの魔法を覚えているなぁ。

俺は感心しつつ亜矢さんを眺める。

一変したこの世界ではダンジョンだけでなく魔法にもランクというものは存在し、１から10までの十段階に分けられている。

ランク４の回復魔法は全体の中では中の下といったところだが、ある程度の怪我《けが》なら充分に治せるはずだ。

その証拠に回復魔法の青白い光がすぅっと消えていくと、

「……あ、亜矢。わ、わたし……」

「結衣っ。よかったっ」

女性は無事だったようで亜矢さんは涙ながらに女性を強く抱きしめた。

一方ミノタウロスと対峙《たいじ》していた比呂さんはというと劣勢に追い込まれていた。

『ウガァァァッ』

「ぐあっ……！」

なんとかミノタウロスの攻撃をかわし続けていた比呂さんだったが、一瞬の隙をついたミノタウロスの強烈なパンチで壁際まで殴り飛ばされてしまった。

「……がはっ……」

壁に手をつきながらよろよろと立ち上がる比呂さん。

口からは吐血している。

その様子をビー玉のような感情のない瞳でみつめるミノタウロス。

異常なまでの自然治癒力によって、さっき比呂さんに受けた腹の傷口はもうほとんど塞がっていた。

『ウウウウ……』

「比呂にぃ、逃げてっ！」

亜矢さんが必死で叫ぶがその声が届いていないのか、比呂さんは震える手で剣を握り直す。

そして、

「悪い亜矢、おれには時間稼ぎが精一杯だ」

ミノタウロスを見据え、

「亜矢っ、結衣を連れて今すぐダンジョンを出るんだっ！」

大声を発した。

『ウガアァァァーッ！』

その直後比呂さんの声に触発されたかのように、ミノタウロスが立っているのがやっとの比呂さんめがけて猛突進を仕掛けた。

「比呂にぃっ！」

「比呂っ！」

死。

その場にいた三人の頭にその言葉がよぎったまさにその瞬間――

比呂さんの前に瞬時に移動した俺はミノタウロスの突進を片手で受け止めていた。

「……えっ⁉」

「ま、真琴くん……⁉」

「な、何。どういうことなの……？」

三人は状況が飲み込めていないよう。

『ウググゥ……⁉』

ミノタウロスもまた同じだった。

なおも突進しようと足を動かすが俺のちからの前ではその足は一向に進まない。

「ま、真琴。お前……？」

「すいません比呂さん。さっきは言いそびれましたけど俺のレベルは25なんかじゃないんですよ」

俺の後ろで膝に手をつきなんとか立っている比呂さんに言葉を投げかける。

「でもその前にこいつを片付けちゃうんでちょっと待ってくださいね」

「え……？」

俺は右手を握り締めると、

「せーのっ」

ミノタウロスに向けて拳を放った。

ボゴォォーン！

『ガフゥッ……!!』

俺の一撃で腹に大きな風穴が開いたミノタウロスは口から大量の血を吐き、そのまま後ろに大の字になってどしーんと倒れ込んだ。

「お、お前は一体……？」

信じられないものを目撃したかのように目を大きく見開いている比呂さんを振り返り、俺は本当のレベルを吐露する。

「俺のレベルは１００１８です」

◇◇◇

「え……真琴、お前今なんて言ったんだ？　レベル１００１８って言ったのか？」

比呂さんが眉をひそめて訊き返してくる。

「はい。俺のレベルは――」

とそこまで言ったところでミノタウロスが完全に息絶えたのだろう、目の前から消失した。

すると、

《佐倉真琴のレベルが12上がりました》

機械音声が頭の中に響く。

「あ、すいません。今レベルがまた上がったので今の俺のレベルは１００３０です」

「１００３０っ⁉　……な、なんだよそれ……ふざけてんのかっ⁉」

馬鹿にされたとでも思ったのか声を荒らげる比呂さん。

「ぐあっ、いててててっ……！」

「とりあえずその傷、亜矢さんに治してもらった方がいいですよ」

「わ、わかってる、余計なお世話だっ」

口から血を吐くくらいだから一人では歩けないだろうと俺は手を差しだした。

だが比呂さんはその手を払いのけて、亜矢さんたちのもとへと足を引きずりながらゆっくりと向かっていく。

まいったな……全然信じてもらえてない。

まあ、レベルの上限が99だということはプレイヤーなら誰もが知っている常識中の常識だからな。

レベル１００３０なんて頭がおかしいと思うか嘘をつかれたと思うかのどちらかだろう。

比呂さんの痛々しい後ろ姿をみつめながら思う。

だからレベルに関してはあまり話したくなかったのだ、と。

「スキル、回復魔法ランク４っ」

広い空間に亜矢さんの声が響いた。

と同時に青白い光が比呂さんの体を包み込む。

これで亜矢さんの回復魔法の効果によって無事比呂さんも元通り元気になるだろう。

さて、そうなると俺のお節介もここまでか。

「あ、あの……あ、ありがとうございましたっ」

気付くと比呂さんたちのチームメイトの女性が俺のそばまでやってきていて、俺と目が合うなり頭を下げた。

たしかこの人は二人から結衣と呼ばれていたはずだ。

「結衣さんでしたっけ？　別に頭を下げる必要はないですよ。助けたのはたまたまというか気まぐれみたいなものですから」

口に出してちょっと感じ悪いかな、とも思ったがどうせもう会うことはないんだ、どう思われても構わない。

だが結衣さんはそんな俺の言葉に嫌な顔一つせず、

「あ、あなたがいなかったらわたしたちきっとここで全滅していました。だ、だから……ありがとうございましたっ」

さっきよりも深く頭を下げる。

「はあ……」

これまで生きてきて感謝されることは滅多になかったから、こういう時どう対応したらいいかよくわからない。

俺は年上の女性が頭を下げている姿を前にして、ただ小さくうんうんうなずくしか出来なかった。

とそこで回復が無事終わったのだろう、比呂さんと亜矢さんが近寄ってくる。

「おい、真琴っ。さっきの話の続きだっ……と言いたいとこだがな。まずは礼を言わせてくれ、ありがとうな」

「私からもありがとう。真琴くんがいなかったら比呂にぃは間違いなくあの魔物にやられていたわ」

「はあ……どうも」

こんなつまらない返事しかできない自分のコミュニケーション能力の低さが恨めしい。

「それと……こいつらの墓も作らないとな」

三人の遺体を見下ろしながら比呂さんが、ここまでに見せたことのないようなとても悲しげな顔をした。

「そうだね……」

「う、うん……」

それだけ返すと亜矢さんも結衣さんも押し黙ってしまう。

仲間の死という現実を今にしてようやく実感しているのかもしれない。

◇◇◇

「じゃあな真琴。機会があったらまた会おうぜ」

「それじゃあばいばい、真琴くん」

「あ、ありがとうございましたっ」

俺に気を遣ったのかあえて笑顔を見せると、比呂さんたちは三人の遺体を乗せた荷車を引いてダンジョンの外へと戻っていった。

俺は申し訳程度に会釈を返す。

彼らの姿が完全に見えなくなると、俺はさっき上がったばかりのレベルを確認することにした。

「ステータスオープン」

合言葉を発すると目の前にステータスボードが映し出される。

****

名前：佐倉真琴
レベル：１００３０
ＨＰ：７７９６０／７７９８８　ＭＰ：５３４１２／５３４２５

ちから：６６９２８
みのまもり：５８３９７
すばやさ：５１００３
スキル：経験値１０００倍
　　　：レベルフリー
　　　：火炎魔法ランク10
　　　：氷結魔法ランク10
　　　：電撃魔法ランク10

****

ステータスボードを確認するとたしかにレベルが１００１８から１００３０へと上がっていた。

ＨＰなどのパラメータも桁が大きすぎるのでわかりにくいが確実に増えている。

普通のプレイヤーはどんなに経験値を稼いでもレベルは99でストップしてしまう。

だが俺は所有スキルの一つである【レベルフリー】によって際限なくレベルが上がっていく。

各種パラメータもその例外ではなくレベルが上がるにつれてどんどん増えていった。

結果として、俺のパラメータはほかのプレイヤーのパラメータとは二桁も三桁も違う異常な数値を叩《たた》き出《だ》していた。

「ステータスクローズ」

俺は表示画面を閉じるとあくびを一つ。

「……そういえば気持ちよく寝てるところをむりやり起こされたんだったっけ」

そう思ったら眠気がぶり返してきた。

……もうひと眠りするかな。

俺は比較的平らな地面と壁を探すとそこに背中を預けて座り、両手をだらんとさせて目を閉じた。

「おやすみ、なさい……」

誰にともなく口にすると俺は睡魔に抵抗することなく深い眠りへと落ちていった。

第二章　追憶の高校生活（八ヵ月前）

高校に入学してすぐのことだった。

俺の斜め前の席の男子生徒が、クラスのいわゆる一軍たちからいじめの被害を受けるようになった。

きっかけは目が合ったのに挨拶してこなかったとかなんとか。どうでもいい些末《さまつ》なこと。

初めのうちは挨拶がてら頭をパンッと軽くはたくくらいだったが、日を追うにつれ掃除当番を一人でやらされたり上履きを隠されたりといじめはエスカレートし、二週間も経《た》つとクラスのほぼ全員がその男子生徒をいないものとして扱うようになっていた。

そしてそんな日が続いていたある朝のこと、俺が教室に入るとその男子生徒の机の上に花瓶に生けられた菊の花が置かれていたのを目にする。

時を同じくして教室に入ってきたその男子生徒はそれをみつけると体を震わせたと思ったら直後、何も言葉を発することもなくただ教室を立ち去った。

「おい、見たかよ今の」

「もう少しで泣くところが見れたのになぁ。ざんねーん」

「あの花結構高かったんだぜ。あとであいつに払わせようぜっ」

「はっはっ。そうだな……ん？　なんだよ佐倉《さくら》。なんか用か？」

（この時の俺はきっとどうかしていたんだ。だからあんな後先考えず馬鹿なことを……）

「謝れ」

「は？　なんだって？」

「あいつに謝れ」

「ああん？　てめぇ何様のつもりだ、こらっ！」

一軍のリーダー格の背の高い男が俺の胸ぐらを摑《つか》んだ。

「あいつに謝れって言ってるだろっ」

ここから先は情けなさすぎて思い返したくもない。

喧嘩《けんか》など生まれてこの方したことのなかった俺が、一軍のそれこそ俺より二十センチ以上背の高い男に殴りかかったのだ。

不意を突いたその一撃だけは見事そいつのあごをとらえたがそこからあとが散々だった。

背の低い俺が一対四での殴り合い。当然返り討ちに遭いボコボコにされた。

クラスメイトは見て見ぬ振り、騒ぎを聞いてすぐに駆けつけた先生たちが止めてくれなかったら俺は間違いなく病院送りになっていたことだろう。

その後学校主体でのいじめの聞き取り調査がなされたが、クラスのみんなはこぞっていじめを否定した。

そしてあろうことか、いじめられていた男子生徒さえもがいじめなどなかったと証言したのだ。

理由はわからない。報復を恐れたのか面倒に巻き込まれるのが嫌だったのか。

とにかく喧嘩の原因は一人の男子生徒の思い込みによる暴走と断定された。

もちろんその一人の男子生徒とは俺のことだ。

俺は喧嘩の責任を取らされる形で高校を退学処分となった。


それからすぐのことだった。ダンジョンがこの世界に出現したのは。

◇◇◇

俺にとっては地上よりダンジョンの方が居心地がいいのだが、とはいえずっとダンジョンに潜っているわけにはいかない。

ダンジョンで手に入れたアイテムを国の行政機関であるダンジョンセンターに買い取ってもらったり、食料や生活用品の買い出しをしたり、あまり必要ないがスマホの充電をしたりとたまには地上に出る必要がある。

なので俺は毎週木曜日を外出日と決めて、木曜日になるとダンジョンを出て街へと繰り出すのだった。

あえて木曜日にしたのは街に人が少なそうだからというしょうもない理由だ。

そして今日はその木曜日。

スマホのアラームで朝九時に目覚めた俺は、白い地のダンジョンの地下五階から地上に向かって歩を進めていた。

☆　☆　☆

『ギギッ』

地下一階まで上がってきたところで目の前に一体のゴブリンが姿を見せた。

小さい体に似合わず手には大きなこん棒を握り締めている。

ニヤニヤと気色悪い笑みを浮かべており俺を殺す気満々のようだ。

「はぁ～」

今さらゴブリンクラスの魔物を一体倒したところで俺のレベルが上がるとは到底思えない。

今日は地上に出なければいけない憂鬱な日だ。あまり気が乗らないので見逃してやるか。

俺はゴブリンを無視して歩き続けることにした。

『ギギッ！』

だがゴブリンはそんな俺の心情など察することもなく、こん棒を振り上げ襲いかかってきた。

バキッ。

こん棒は俺の頭に直撃して割れた。

『ギギッ？』

無防備な状態の人間の急所をとらえたのに、こん棒の方が割れて俺がぴんぴんしていることに理解が追いついていないらしいゴブリンはぎょっとした顔を見せている。

「……せっかく見逃してやろうと思ったのに」

全然痛くはなかったがちょっとだけ頭に来た俺は、うるさい蚊を追い払うかのようにゴブリンの顔をぺしっと叩《たた》いた。

その瞬間ゴブリンの頭が水風船のようにパンッと破裂した。

俺はゴブリンの返り血を顔面に浴びてしまう。

「ぷはっ……あ～あ、もう」

こうなることがわかっていたからお互いのために戦闘を避けようとしたのにこのざまだ。

俺は肩から下げていた黒色のワンショルダーバッグの中に手を突っ込むと、中からタオルを取り出した。

地面に横たわる頭部のなくなったゴブリンが消滅していく様子を見下ろしながら、俺はそのタオルで顔についた血を拭う。

さらに再びバッグの中に手を入れ今度はビニール袋を引っ張り出すと、そのビニール袋の中に血のついたタオルを入れた。

服にも多少の血は飛び散っているがあいにく着替えの服はストックがない。

「新しい服と予備の服も買わないとだな」

つぶやきながら血のついたタオルの入ったビニール袋をバッグの中にしまい込む。

「……それにしても、便利なドロップアイテムを手に入れたよなぁ。本当に」

肩から下げたバッグを触りながら思い返すのは、この白い地のダンジョンの地下二十階で戦ったフロアボスのアダマンタイトのこと。

大型の亀のような姿のアダマンタイトは、それなりに防御力が高かったようだが俺の敵ではなかった。

跳び上がってからのパンチで硬い甲羅部分を粉々に破壊すると、生身がむき出しになったアダマンタイトはひどく怯《おび》えて逃げ出した。

しかしフロアボスを逃がすはずもなく俺はそいつにとどめを刺した。

そしてアダマンタイトが消滅後、出現したのがこの黒色のバッグだった。

ステータス画面を確認したところそれは〈不思議なバッグ〉といって、いくらでも物をしまうことができるという夢のようなレアアイテムだったのだ。

「これさえあればこれからは週一回わざわざ地上に出なくても済むかもな」

そう思うと自然と笑みがこぼれてくる。

目の前には地上への階段と地上から差し込む陽の光。

俺はその陽の光に導かれるように白い地のダンジョンをあとにするのだった。

◇◇◇

地上に出ると太陽の光を浴びて、

「うっ、まぶしー……」

一週間ダンジョンにこもりっきりだった俺は目を細めた。

ダンジョンの中にも一応明かりはあるが、基本は薄暗いため俺の目はその暗さに慣れてしまっていたのだ。

「ふぅ……さてと、まずは換金するか」

俺はダンジョンで手に入れたアイテムを買い取ってもらうため、国が管理運営するダンジョンセンターへと足を運ぶことにした。

その道中、さながらファンタジーゲームのような恰好《かっこう》をした老若男女の行き交う姿を見て、やはり世界は変わったのだとあらためて実感する。

世界にダンジョンが出来てから八ヵ月、今や大人も子どももダンジョンに潜るようになっていた。

ランクZの超初心者向けダンジョンには、小さな子どもが殺到しているという話も耳にしたことがあるくらいだ。

すっかり様変わりした街並みを歩くこと十分、俺は最寄りのダンジョンセンターにたどり着いた。

どうでもいいことだが、ダンジョンセンターはどことなく携帯ショップに造りが似ていると思うのは俺だけだろうか。

「ようこそいらっしゃいませ。どのようなご用件でしょうか？」

自動扉を通ると出入り口にいた職員の女性に話しかけられた。

なかなかの美人さんだ。

「えっと、ダンジョンで手に入れたアイテムを売りたいんですけど……」

「それでしたら一番の窓口にお並びください」

「はい。ありがとうございます」

軽く頭を下げてから俺は案内された通り一番の窓口に向かった。

そこには長い行列ができていてその列の最後尾につくと自分の順番が来るのを待つ。

待っている間周りを見回すとやはり俺みたいなソロのプレイヤーは珍しいのだろう、複数人で固まって行動しているプレイヤーたちを多く目にした。

俺も一時期は閃光《せんこう》の紅蓮団《ぐれんだん》というチームと団体行動をとっていたこともあるが、俺のコミュニケーション能力の低さのせいですぐに別れてしまった。

チームに未練がないと言えば正直嘘《うそ》になるかもしれないが、それでも俺は現状に不満などない。

それどころかわずらわしい人間関係を断つことができて満足していると言っていい。

とそんな時だった。

「おい、あれって佐倉じゃねぇか？」

聞き覚えのある声が耳に入ってきた。


声のした方を振り向くと、そこには高校でいじめをしていたクラスの一軍四人組の姿があった。

◇◇◇

「へぇ〜、こりゃあ懐かしい顔だな」

四人の中のリーダー格の鎧《よろい》を身につけた背の高い男が近寄ってくる。

ぐっと顔を近付け、

「八ヵ月ぶりか？　佐倉。久しぶり〜」

挑発するような目つきで話しかけてきた。

「あ、ああ」

まいった……面倒な奴《やつ》らに出遭ってしまった。

「そういやお前サクちゃんのこと殴ったくせにまだ謝ってなかったよな」

「そうだぜ。今謝れよ」

「土下座だ、土下座」

後ろからぞろぞろと金魚のフンみたいに残りの連中がやってきて、俺に言葉を浴びせてくる。

相変わらずみんないけ好かない顔をしている。

ちなみにサクちゃんというのはリーダー格の背の高い男のことだ。

名字が桜庭《さくらば》だからサクちゃん。安直なあだ名だ。

「別にいいさ。オレは気にしてないしな」

と桜庭。

それに合わせて他の連中が「サクちゃん、大人～」とか「かっこいいぜ」とか言っている。

早いとこ俺の順番が回ってこないかな。

どうにも居心地が悪い。

「つうかこんなチビのパンチなんて何発くらっても効かねぇし」

桜庭は俺を見下ろしながら自分のあごをさすった。

たしかに俺は背が低いが百六十六センチはある。

言うほどチビではない、百九十近い桜庭がでかすぎるのだ。

それより俺の順番はまだか？

声が大きいこいつらのせいで周りの人たちの視線が俺たちに集まっている。

目立つのは好きじゃないのに。

もういっそ殴りかかったことを謝ってしまおうか。そうすればいなくなってくれるだろうか。

頭の中で考えを巡らせていると、

「佐倉、お前プレイヤーやってんのか？」

桜庭が訊《き》いてきた。

「うん、まあ」

「一人でか？」

「そうだけど」

すると後ろの連中がまたも、

「マジかこいつ。友達いねぇんじゃねぇか」

「かわいそ〜！」

「みなさ〜ん、誰かこいつとチーム組んでやって〜」

馬鹿みたいに騒ぎ立てる。

さすがにちょっとだけムカついてきたので、

「俺は一人が好きなんだよ。もう俺に構うな」

強い口調で言ってやった。

「ああん？　なんだてめぇ」

「誰に言ってんだっ」

「また前みたいにぶっ飛ばしちゃうぞ、こら」

名前も憶《おぼ》えていない桜庭以外の三人が反応を示す。

特にその中の一人の坊主頭が俺の肩を強く摑んできた。

ちょうどその時――

「次にお待ちの方、どうぞー」

タイミングよくカウンターに座る女性に呼ばれた俺は、何か文句を言いたげだった坊主頭たちを残して前へと進んだのだった。

☆　☆　☆

「ではお売りになりたいアイテムを出していただけますか？」

「はい、ちょっと待ってください」

そう言うと俺は不思議なバッグをカウンターに置いた。

「このバッグですか？」

「あ、いえ違います。この中に入っているものですっ」

俺は慌てて否定する。

この不思議なバッグはいくら大金を積まれても今のところは売るつもりはない。

「えーっと……これと、これと、これと、これをお願いします」

俺は不思議なバッグの中から〈魔石〉と〈ポーション〉二本と〈エリクサー〉一本を取り出す。

「え、え……？」

その様子を見て動揺を隠せないでいる女性。

それもそのはず、出したものよりバッグの方が明らかに小さいのだ。

普通に考えれば物理的におかしいのは言うまでもない。

「すみません。そのバッグはなんですか……？」

ダンジョンセンターの職員でさえ見たことがないらしい。女性は俺の持つ不思議なバッグを指差し訊《たず》ねた。

「これですか？　これは不思議なバッグといっていくらでも物を入れることができるんです」

「へ、へ～。そんな便利なアイテムがあるんですか……恥ずかしながら初めて聞きました」

「ランクＱのダンジョンで手に入れたんです」

「そうでしたか……あっすみません、では買い取りを行いますね。鑑定をいたしますので少々お待ちください」

「はい」

魔石とポーションとエリクサーを持って後ろの部屋へと入っていく女性。

その後ろ姿を眺めながらやっぱりこれはレアアイテムだったんだな、と不思議なバッグを撫《な》でる。

しばらくして、

「お待たせいたしました」

と女性が札束を持って戻ってきた。

「ではまず、ポーションが二つとそれからエリクサーが一つとそれから魔石が一つですね。そうしますと合計で十六万円になりますがよろしいでしょうか？」

「はい、もちろん」

「ではこちらをどうぞ」

俺は女性から十六万円を受け取る。

いつもながらいい感触だ。

札束を不思議なバッグに入れると、

「ありがとうございました。またお越しくださいませ」

「はい、こちらこそありがとうございました」

俺はカウンターを離れてダンジョンセンターをあとにした。

この時の俺は気付いていなかった。

カウンターでの俺と女性とのやり取りを、桜庭たちが後ろの方でずっと見ていたことを。

◇◇◇

「えーっと、ポーションが五千円でエリクサーが十万円で魔石が五万円か……まずまずだな」

ダンジョンセンターを出た俺は、買い取り明細書を見て買い取り金額の内訳を確認しながら一人街を歩いていた。

ポーションだけだいぶ安値だが別に足元を見られたわけではない。

ポーションはランクの低いダンジョンでも手に入れることができるアイテムなので、五千円というのは妥当な金額だ。

ちなみにポーションは飲むとＨＰを少しだけ回復でき、エリクサーはポーションよりもずっと価値が高くＨＰとＭＰを全回復してくれるというアイテムだ。

ついでに魔石というのは、世界各国が原子力発電や再生エネルギーに代わる新しいエネルギー源として期待している鉱石のことである。

「お金も入ったことだし、とりあえず新しい服でも買うか」

魔物と戦って飛び散った返り血などが付着している服を新調するため、俺は大型スーパーへと向かうことにした。

別に服の専門店でもいいのだが俺は特にブランドにこだわりは持っていないし、食料品や生活必需品もついでに買《か》い揃《そろ》えたい。

となるとスーパーの方が都合がいいというわけだ。

「ダンジョンは住み心地は最高なんだけどお風呂がないのがネックだよな～……」

ウェットティッシュや濡《ぬ》れタオルでごまかしごまかしやってきたが、やはり一週間もダンジョンに居続けると体臭も少しは気になるところだ。

ソロだからいいという問題でもない。

俺は肩から下げた不思議なバッグに視線を落とす。


「いくらなんでもこの中にバスタブは入らないだろうしな……う～ん」

一人頭を悩ませていると、

「何ぶつぶつ言ってんだお前」

背後から声をかけられた。

声の主は――

「――桜庭っ」

振り返ると桜庭たちがへらへらした顔で俺を見下ろしていた。

「何か用？」

俺の問いかけに四人は何も答えず黙って俺を取り囲む。

「……なんだよ」

言いながら俺はなんとなく現状を察していた。

気付けば俺は町の裏通りにいて人通りはまったくない。

「佐倉、お前結構稼いでたじゃねぇか。すげぇじゃん」

桜庭が言う。

「別に、たまたまだよ」

すると坊主頭が、

「おい、とりあえず金持ってるだけ貸してくんねぇ」

返す気など微塵《みじん》も感じさせないテンションで発した。

ほらな。思った通りだ。

さっきのダンジョンセンターで俺が大金を受け取っていたのを見ていたのだろう、こいつらはそのお金を巻き上げるために俺のあとをつけてきたってわけだ。

「……嫌だって言ったら？」

「ぶっ飛ばす」

「殴る」

「ボコる」

「殺す」

四者四様の答えを返すが意味は一緒だ。

「ほら、怪《け》我《が》する前にさっさと渡せ」

「言うこと聞いておいた方がいいぜ」

「サクちゃんのレベルは42だからな。そこらのプロプレイヤーより全然強いぜ」

「早く金出せやこらっ」

プロプレイヤー……か。

仕事や勉学や家事などをせずに、プレイヤーとしてだけの収入で生活している人間のことをプロプレイヤーと呼ぶ。

兼業のプレイヤーよりダンジョンに潜っている時間が長いため、レベルも必然的に高いのが一般的だ。

まあそういう意味では一応俺もプロのプレイヤーなのだが。

「……断る」

「ああん？　なんだって？」

横の坊主頭が口を開く。こいつはいつも声が大きいから耳に響くんだ。

俺は不思議なバッグの中から特殊警棒を取り出すと、一振りして一メートルほどの長さにした。

「断るって言ったんだ」

「あっこいつ武器なんて卑怯《ひきょう》なもん持ってやがるぜっ」

どの口が言うんだ。

四対一は卑怯じゃないのか、坊主頭。

それにこの武器は俺のためじゃなくお前たちのためだぞ。

「へぇ、やる気かお前」

何がそんなに楽しいのか、桜庭は口角を上げながら好戦的な目で俺を見下ろしている。

「佐倉、今回は誰も止めに入らないからな。いいのか？」

「それはこっちのセリフだ」

口にした瞬間、

「てめぇっ！」

横にいた坊主頭が俺の言葉にカッとなり殴りかかってきた。

だが――

すかっ。

坊主頭の拳は空を切る。

「なっ⁉　ど、どこ行きやがった？」

「こっちだ」

俺は一瞬のうちに坊主頭の背後に回り込んでいたのだった。

◇◇◇

「て、てめぇ、今何しやがったっ！」

やはりすばやさ５０００以上ある俺の動きにこいつらはまったく対応できてはいない。

ちょっと速く動いただけで俺の姿を見失ってしまったのだから。

よかった、特殊警棒を用意しておいて。

素手だとたとえどんなに手加減しても相手を殺《あや》めてしまう可能性がある。

「何とか言えこらぁっ！」

坊主頭が俺の胸ぐらを摑んでぎゃあぎゃあわめきたてた。

耳障りだ。

俺は持っていた特殊警棒で坊主頭のお腹《なか》をどついた。

「ぶふぉっ……⁉」

坊主頭の体がくの字に折れ曲がりそのままアスファルトの地面に倒れ込む。

「な、何を――」

「このや――」

そのままロン毛と天然パーマの右頰左頰も特殊警棒でもって殴りつけた。

二人は通路の右端左端に吹っ飛びそこにあったゴミ袋に頭から突っ込む。

時間にしてわずか三秒の出来事。

それを目の当たりにした桜庭は、身動きできずにただ「な、なっ……!?」と口と目を大きく開いていた。

「あとは桜庭、お前だけだ。誰も止めには来ないぞ」

「……くっ……くそがっ！」

そう言って桜庭はなりふり構わず殴りかかってくる。

「おらおらおらっ！」

だが俺は桜庭の連打を左手の人差し指だけですべて防いでやった。

「はぁっ、はぁっ……くそっ、どうしてだっ!!」

さっきまでの余裕な表情がすっかり消《き》え失《う》せた桜庭が、俺に対する恐怖心をにじませながら叫ぶ。

「俺の方が強いってことだろ」

「ぐっ……ふざけるなっ！　オレはレベル42だぞっ！　お前みたいなチビに負けるはずがはっっ——」

桜庭の言葉を最後まで聞くこともなく、俺は右手に持った特殊警棒を振り払った。

特殊警棒は桜庭のあごをとらえ、膝からがくっと崩れ落ちるようにして桜庭はその場にへたり込んだ。

「ふぅ～」

特殊警棒をもとの大きさに戻してからバッグの中にしまうと、アスファルトに転がる四人の姿を

眺めて一言、

「もう俺に構うなよ」

声を降らせる。

ここまで実力の違いを見せつけたんだ、よほどの馬鹿じゃない限りもう一度と絡んでは来ないだろう……多分。

「じゃあ俺行くところがあるから」

そう言い残すと振り返ることもなく俺はスーパーへと向かうのだった。

◇◇◇

「全部で九万二千十三円になります」

レジ係の女性がレジを打ち鳴らして言った。

「はい、じゃあこれで」

俺は一万円札を十枚トレーに載せる。

本当は小銭までぴったり払いたかったが、あいにく持ち合わせがなかったので仕方がない。

女性から直接手渡しでおつりを受け取ると俺はスーパーをあとにした。

「ちょっと買いすぎたかなぁ……」

街中を歩きながら思うのはスーパーで大量に買い揃えた服のこと。

ダンジョン内で汚れてもすぐ着替えられるようにと、予備の服を十着も買ってしまったのだった。

その他缶詰など日持ちしそうな食べ物やキャンプ用品などを選んで買い揃えた。

買ったものはすべて不思議なバッグの中に入れてあるので持ち歩くのに不自由はない。

「ま、いっか。ダンジョンに入ればいくらでも稼げるし」

俺にとってダンジョンは我が家同然だ。

俺のレベルは１００３０だからどんな魔物が襲ってこようが敵ではないし、わずらわしい人間関係に悩まされることもお金の心配もない。

そもそも絶賛家出中の俺には他に行く当てもないので、これからまたダンジョンに潜るつもりでいる。

「うーん、次はもうちょっとランクの高いダンジョンに行こうかな」

ランクが高ければ高いほど潜んでいる魔物は強くなり、当然倒した時の獲得経験値も増える。

さらにレアアイテムを手に出来る確率も高まる。

レベルは上がるしレアアイテムは高額で買い取ってもらえるしで一石二鳥だ。

だがあまりランクが高すぎるダンジョンは俺はあえてこれまで避けてきた。

というのも俺は目立ちたくないからだ。

ランクの高いダンジョンにソロで挑んでいるプレイヤーは、自然と名前が知れ渡るようになってしまう。

それにレアすぎるアイテムをダンジョンセンターに持ち込んだら、国から目をつけられてしまうかもしれない。

そんな事態は出来る限り避けないと。

俺は心穏やかに暮らしたい、ただそれだけなのだ。

つい最近まではランクQのダンジョンにいたわけだが……。

「ランクJくらいなら大丈夫かな」

そう考え俺は近場にあるランクJのダンジョンをスマホのアプリを使って調べてみる。

すると、

「……あーまいったな、ランクJダンジョンは日本に一ヵ所だけか。しかもよりによって北海道かよ……」

現在地は青森県だがランクJダンジョンは北海道の山奥にあるらしい。

今は十二月。

これから冬本番を迎えようって時に北海道は正直つらい。

寒がりな俺は今でさえカイロは肌身離さず三つも持っているというのに。

「う〜ん……」

俺が逡巡《しゅんじゅん》していると、何がきっかけかわからないがスマホのアプリが勝手に作動し話し始めた。

『あなたにおすすめのダンジョンはランクH、「赤い影のダンジョン」です』

「ん？　赤い影のダンジョン？」

『赤い影のダンジョンは未《ま》だ未攻略です。一番早く赤い影のダンジョンの最深階に到達しボスを倒した方には、国から報奨金として三千万円が支払われます』

「三千万だってっ⁉　……マジかよ」

アプリの言いなりになるつもりはないが三千万円の報奨金には心惹《ひ》かれる。

うーん……一応調べてみるか。そう思いスマホを操作する。

と――

「なになに……赤い影のダンジョン、ランクＨ。場所は……沖縄っ⁉」

◇◇◇

「沖縄か〜。あったかそうだけどなぁ……」

俺はスマホの画面を見ながらひとりごちる。

季節は冬、十二月。

これからさらに本格的に寒くなっていくのを前に、寒がりな俺が温暖な場所へ移動するという選択肢は正直悪くない。いや、むしろいい。

だが……。

自慢じゃないが、俺は生まれてこの方出身地である青森県から一歩も外に出たことがない。

中学校の修学旅行でさえパワースポット巡りと称して恐山に登っただけだ。

そんな俺がいきなり一人で沖縄に行くなんて……二の足を踏んでしまう。

余談だがダンジョンの中は暑くもなく寒くもないので俺にとっては快適この上ない。

そういう意味ではわざわざ県外に出る必要もないのだが……。

「どうするかな……」

おそらく魔物を含めても世界最強であろう俺だが弱冠十六歳の若造だ。

一人で長い距離を旅するのはちょっとだけ不安なのだ。ミノタウロス千体の方がまだましってものだ。

「でもダンジョン攻略したら三千万円だろ……」

高校中退の俺がこの年で三千万円も稼ぐ方法など他にありはしないだろう。

あまり悪目立ちはしたくないのだが……三千万円、沖縄か……。

「う〜ん………………」

長い沈黙の末、

「よし。行くか沖縄っ」

最終的には報奨金に目がくらんだ俺は沖縄行きを決意するのだった。

第三章　淡い牢《ろう》のダンジョン

青森県から出たことがないということは、当然今までに飛行機に乗ったことなど一度もない。

初めての一人旅で初めての飛行機は少々不安。なので沖縄へは、青森から新幹線を乗り継ぎ鹿児島まで移動し、鹿児島からフェリーを使って行くことにした。

俺は早速スマホで沖縄へのフェリー代を調べてみる。

「えーっと……フェリーは大体二万ってとこか？」

そうなると帰ってくる時のことも考えると余裕をもって十万円は確保しておきたい。

ちなみに俺は長いダンジョン暮らしの間手に入れたアイテムは、そのほとんどを試しに使ってみたり飲んだり食べたりと自身で消費してしまっていたので、貯金などはなく現在の手持ちのお金は六万弱といったところ。

「となるとまずは資金調達だな」

俺は一番近くにあるダンジョンをスマホで確認してみる。

するとランクUの「淡い牢のダンジョン」とやらが目と鼻の先にあることを知った。

「ランクUか……」

低ランクダンジョンだが四万円くらいなら充分稼げるだろう。

そう考え俺はすぐにそこへと向かった。

☆　☆　☆

スマホの画面に導かれ着いたのはとある中学校だった。

「……ここ、だよな？」

裏口を抜けて中へと入っていく。

駐輪場を通り過ぎると中学校の校庭にはぽっかりと大きな穴が開いていて、その周りは柵で囲われていた。

プレイヤーらしき人たちも何人かいる。

「お、やっぱりここで合ってる」

俺は穴に近付いていくと柵を飛び越え穴の中へと続く階段を下りていった。

穴の中は薄暗く壁も床も石で出来ていてごつごつしていた。

「ここが淡い牢のダンジョンか。初めて来たけどなんか狭いな」

つい最近までいた白い地のダンジョンの通路は、地面も壁も土で覆われていてその広さは縦横四、五メートルくらいはあったのだが、この淡い牢のダンジョンは縦横二メートルくらいしかない。

まあ俺は大柄な方ではないのでさして問題はないのだが。

通路沿いにまっすぐ歩いているとすぐに分かれ道にさしかかった。

俺は自然と左の道を選んで進む。

中学時代、博識の友人に聞いたことがあるのだが、左右の分かれ道があった場合人は心臓のある左側を守りたいため左の道を選びやすいのだそうだ。

真偽のほどは定かではないが、とにかく俺は直感に従ってその道を突き進んでいった。

するとしばらくして前方に小さな青っぽい物体を発見する。

アイテムだろうか？

それほど視力の良くない俺は期待に胸を膨らませつつそれに近寄っていった。

しかし手の届く位置まで来たところでその物体がわずかだがぴくっと動いた。

「うおっ」

そこで俺はその物体がアイテムではなく魔物だと気付く。

「……なんだこいつ、スライムか？」

足元にいたのは青と紫のマーブル模様のスライムだった。気持ちよさそうに通路の真ん中で居眠りなんぞしている。

「ステータスオープン」

俺は小声で発すると目の前にステータスボードを開いた。

それを手で横にスクロールさせる。

すると、

****

まだらスライム

****

魔物の名前が表示された。

「まだらスライムっていうのか……」

普通のノーマルなスライムなら何度も見たことがあるが、スライムの亜種とはこれが初対面だ。

まだらスライムは俺に見られているとも知らずにすぅすぅと寝息を立てている。

「……倒しても経験値少なそうだしこのままにしておいてやるか」

俺も鬼ではない。

降りかかる火の粉は払うが敵意のないものは見逃してやってもいい。

俺はまだらスライムを起こさないようにそっとまたぐと、さらに先へと歩を進めるのだった。

◇◇◇

ダンジョンは深層階の方がより強い魔物が出る代わりによりレアなアイテムも手に入る。

そこで俺は下へ続く階段を探しながら淡い牢のダンジョンを進んでいた。

途中下級ゾンビが複数体現れたが俺の敵ではなかった。

手で払いのけこれらを粉砕していく。

それでもスキル【経験値１０００倍】のおかげでレベルがまた一つ上がった。

俺のレベルは１００３０から１００３１へ。パラメータも微増する。

そして現在俺のいる場所は淡い牢のダンジョンの地下六階。

目の前にはロボット兵の姿があった。

ロボット兵は文字通り人型の機械兵だ。

そのロボット兵が手に持った斧《おの》を振り回しながら俺に襲い掛かってくる。

俺は斧をたくみに避けながらロボット兵の懐に入ると胸の部分をトンと押した。

するとロボット兵はその衝撃で後ろに吹っ飛ぶ。

そのまま後ろの壁に激突したロボット兵はガガガ、ガガガ、と小刻みに震えると次の瞬間爆発した。


「ふぅ」

《佐倉《さくら》真琴《まこと》のレベルが１上がりました》
「あれ？　また上がった」
大して、というか全然手ごたえのない相手だったが倒したら機械音声が脳内にこだました。

俺のレベルがまた一つ上がったのだった。

「今の奴《やつ》、思ったよりも経験値高かったのかな……」

正直強くなりすぎた俺は弱い魔物と強い魔物の区別がつかなくなっている。

どんな強い魔物でも大概は一撃で倒せてしまうからだ。

「ま、いっか」

今はレベル上げよりアイテム回収の方が優先だ。

俺は深く考えることもなくさらに地下へと下りていく。


ランクが低めのダンジョンということで、ここまで手に入れることができたアイテムは〈薬草〉ただ一つ。

薬草はポーションと効果は同じ。食べるか飲むかの違いだけだ。ちなみに売り値は五千円。

「これで五千円か……あと三万五千は稼がないと」

事前の予想に反してアイテム集めに苦労していると、俺は階段のない階層にたどり着いてしまった。

どうやら今いる地下十階がこのダンジョンの最深階のようだ。

「おいおい、待ってくれよ。まだ薬草一つだけしか拾ってないぞ」

沖縄へ行くための新幹線とフェリーの往復代金がこれでは足りないじゃないか。

アイテムを見逃していないか俺はあらためて地下十階を歩き回る。がしかしやはりアイテムはみつからなかった。

おそらくだがランクが低いダンジョンということもあって、もうすでに多くのプレイヤーに根こそぎアイテムを回収し尽されてしまっているのだろう。

こうなるとあとは魔物を倒してドロップアイテムに期待するしかないが……。

「……ん？　っていうかここのダンジョンのフロアボスはどこにいるんだ？」

今さらながら気付く。

どんなにランクの低いダンジョンでも最深階には必ずボスが潜んでいる。

そしてそのボスはほかの魔物とは比べ物にならないくらいに強い。

その分レアアイテムをドロップする確率もかなり高い。

「もしかしてそれも誰かが先にやっつけちゃったのかな……」

だとしたらこのダンジョンを選んだことは失敗だったことになる。

ただの時間の無駄。徒労に終わるというわけだ。

「こんなことなら白い地のダンジョンにもう一回行けばよかったかなぁ」

と反省しながら何気なく後ろを向いたその時だった。

!?

俺は今までに見たことのない魔物とばちっと目が合った。

◇◇◇

見た目はスライムそのものだが大きさが全然違う。

スライムの体長はせいぜい二十センチくらいのものだが、その魔物は二メートル近くある。

そのせいで通路の横幅ギリギリにぴったりとおさまっていた。

俺と目が合った瞬間その魔物は大きな体をビクッとさせると、その場で半回転して猛ダッシュで後ろに逃げ出す。

「あっ待てっ……」

俺は大きな体を揺らして逃げるその魔物を追いかけながら、ステータス画面を開いた。

横にスクロールして名前を確認する。

****

大王スライム

****

「大王スライムっ……きっとあいつがこのダンジョンのフロアボスだなっ」

プレイヤーの間ではフロアボスとはその階層ではなく、そのダンジョンの最深階のボスのことを指して言う場合が多い。

　多分にもれず俺もそうだ。

　俺はフロアボスの大王スライムを倒そうとなおもスピードを上げ追いかけるが、大王スライムはぼよんぼよんとたるんだ大きな体に似合わず、逃げ足がとにかく速かった。

　すばやさの数値が５０００以上ある俺が本気を出しても距離が一向に縮まらない。

「な、なんだあいつっ。速すぎだろっ……」

　大王スライムの後ろを全力で追走しながら思わず愚痴をこぼす。

　前方を行く大王スライムは戦う気は一切ないらしく、ずっとダンジョン内を逃げ回る。

「くっそ、だったらこれでどうだっ」

　俺は手を前に出し大王スライムに向けて「スキル、氷結魔法ランク10っ！」と叫んだ。

　その刹那、空気中の水分が瞬時に氷結し大王スライムの体が一瞬でカチンコチンに凍りついた。

「はぁっ、はぁっ……やっと追いついたぞ」

　氷漬けになった大王スライムのもとに近付いていくと、身も凍るような冷気が俺の火照った体を冷ましてくれる。

「ふぅ～……」

　氷結魔法を使用するのは久しぶりだったから不安だったがちゃんと発動してくれてよかった。

「さてとお前がこのダンジョンのボスだろ？」

『……』

大王スライムは完全に凍っていて身動き一つできないでいる。

「いいドロップアイテム出してくれよ」

そう言うと俺は拳を後ろに引いた。

そして、

「はっ！」

勢いよく大王スライムに向けて右ストレートを放った。

ガシャァーン‼

俺のパンチで氷ごと粉々に砕け散る大王スライム。

その直後地面にぽとっと緑色の何かが落ちた。

「……おおっ！　魔石だ！」

俺はそれを拾うと頬を緩ませる。

魔石の売り値は五万円。これで目標金額達成だ。

こうして俺は沖縄行きの旅費を工面することに見事成功したのだった。

◇◇◇

すると、

《佐倉真琴のレベルが９９００上がりました》

突如機械音声が頭の中に響いた。

「えっ？」

魔石を手に俺は固まってしまう。

「今、９９００って言ったか……？　いや、まさかな」

たしかにそう聞こえはしたが、魔物をたかが一体倒しただけでレベルが９９００も上がるはずは……。

俺は疑念を持ちながらも「ステータスオープン」と声を出した。

もちろんレベルの確認をするためだ。

直後、俺の目の前に表示されたステータスを見て俺はまたも固まってしまった。

****

名前：佐倉真琴

レベル：１９９３２

ＨＰ：７７９８８／１３８７９７　ＭＰ：５３３２５／１１０２４２

ちから：１１９６７８

みのまもり：１００９２１

すばやさ：９８９３３

スキル：経験値１０００倍

　　　：レベルフリー

　　　：火炎魔法ランク10

　　　：氷結魔法ランク10

　　　：電撃魔法ランク10

：飛翔《ひしょう》魔法ランク1

****

「……マ、マジかよ。本当にレベルが９９００も上がってるぞ……」

頭に響いた音声の言う通り俺のレベルはたしかに１００３２から１９９３２にはね上がっていて、パラメータに関してもこれまでの二倍近くにまで増えていたのだった。

ついでに新しいスキルとして飛翔魔法というものも使えるようになっていた。

「信じられない……」

が事実俺のレベルは上がっているので信じざるを得ない。

「なんで……なんでさっきのでかいスライムを倒しただけでこんなにレベルが上がったんだ……」

もしかするとあの魔物はめちゃくちゃレアな魔物だったのだろうか。

獲得経験値が異常に多い魔物の存在は風の噂《うわさ》で聞いたことがあるが、それがあいつだったのか？

たしかに大王スライムのすばやさは尋常ではなかった。普通にやってもまず倒せはしなかっただろう。

倒せたのは氷で動きを封じる魔法を覚えていたからこそだ。

「……」

一人で考えていても答えは出ない。

俺はとりあえず大王スライムのことを考えるのはやめ、それよりも気になっていたことを確かめることにした。

「飛翔魔法か……これって空が飛べるってことだよな」

もしそうなら新幹線やフェリーなど使わなくとも沖縄まで飛んでいけばいい。

お金も節約できるし何より気持ちがよさそうだ。

試しに今すぐ飛翔魔法を唱えてみたいところだがここは飛ぶには狭すぎる。

そこで俺は魔石を握り締めると、はやる気持ちを抑えつつ地上へと戻っていくのだった。

◇◇◇

淡い牢のダンジョンを抜け出て地上に戻った俺は、早速今しがた覚えたばかりの飛翔魔法を使ってみることにした。

だがその矢先、派手な髪の色をした大学生くらいの男女入り交じったプレイヤーの集団が、ぞろぞろとこっちに向かってやってきた。

察するにどうやらこれから淡い牢のダンジョンにみんなして潜るつもりのようだ。

飛翔魔法を使える者がいるなんて俺は未《いま》だかつて聞いたことがない。

おそらくそれはほかのプレイヤーも同じだろう。

そんなもの珍しい魔法をパーティーピーポーのような人たちに見られたら、写真を撮られ動画を撮られＳＮＳで拡散されかねない。

目立つことを嫌う俺にとってはそんな事態はなんとしてでも避けなければ。

そこで俺は逃げるようにしてその場を離れると、停《と》めてあった車の陰に隠れてプレイヤーの集団から距離をとった。

そして彼らがダンジョンに入っていくのを見送ってから俺は「ふぅ」と一息つく。

「……ここなら大丈夫そうだな」

周りに誰もいないことを確認すると俺は飛翔魔法を唱える。

「スキル、飛翔魔法ランク１っ」

すると俺の足は地面から離れ体はふわっと宙に浮きあがった。

「おおっ、すごい。浮いてるっ」

初めての感覚に戸惑いつつも嬉《うれ》しさで自然と顔がほころぶ。

無重力状態とでもいうのだろうか、バランスをとるのが難しい。

気を抜くと上下逆さになってしまいそうだ。

手足をばたつかせながらも徐々にその感覚に慣れていくと、俺は普通の状態を保てるようになっていった。

地面から五十センチほどの高さで地面に対して垂直に立つと、

「よし。コツを摑《つか》んできたぞ」

言いながら俺はもっと高く舞い上がろうと手を広げ空を見上げた。

……。

……。

だがいつまで経《た》っても今以上の高さには浮き上がらない。

「スキル、飛翔魔法ランク１っ！」

再度魔法を唱えてみるも変化はない。

「ん？　なんだこれ。もしかして飛べるのってたったこれだけか？」

飛翔魔法というからにはてっきり空を自由自在に飛び回れるのかと思っていたのだが、蓋を開けてみるとなんてことはない五十センチほど浮かび上がるだけ。

しかもそのまま空中移動してみたところ、飛行速度も人が普通に歩くスピードとほとんど変わらなかった。

「なんだよ、期待して損したーっ」

俺はがっかりしながら地面に下り立つと足元にあった石ころを蹴飛ばす。

軽く蹴ったつもりだったが石ころは校庭の端の方まで飛んでいった。

「ランク1だからかなぁ～」

空高く飛び上がれない理由は飛翔魔法のランクが1なのが原因かもしれないが、こんな魔法じゃ使い道がまるでない。

もちろんこの飛翔魔法で沖縄までひとっ飛びなんてのは夢のまた夢だ。

「はぁ……ダンジョンセンター行くか」

肩を落とすと旅費代を工面するため、俺は戦利品の薬草と魔石を持って中学校を歩いて立ち去った。

◇◇◇

ダンジョンセンターに着いた俺は、早速手に入れたばかりの薬草と魔石を買い取ってもらうため長い列に並んだ。

毎度のことながらダンジョンセンターは混んでいて、俺の番がやってくるまでまだ時間がかかりそうだ。

俺は待ち時間の間にスマホで新幹線とフェリーのチケットをチェックする。

「えーっと、鹿児島まで新幹線でそこからフェリーか……」

ざっと計算するとかかる費用は往復で十一万円ほど。

手持ちのお金とこれから手にするお金を合わせるとやはり十一万円ほど。

「おっ、ギリギリだけどなんとか足りそうだぞ」

最悪の場合は新幹線ではなく鈍行列車でもいいと思っていたからこれはラッキーだ。

スマホの時計を確認すると現在時刻は正午すぎ。

「今からでも行けるかな……？」

沖縄にある赤い影のダンジョンの攻略報酬三千万円は早い者勝ちだ。

急ぐに越したことはない。

だが、

「あ〜駄目だ。沖縄行きは六時出港だ」

調べると鹿児島発沖縄行きのフェリーは午後六時からの一便だけ。

ぎゅるるるる〜。

腹の虫も鳴り出した。

「とりあえず腹ごしらえでもするか」

俺は空腹を我慢しつつ自分の順番が呼ばれるまで待った。

☆　☆　☆

「ありがとうございました。またお越しくださいませ」

無事買い取りを終えた俺はダンジョンセンターをあとにする。

新青森駅に向かいながら俺は途中コンビニに立ち寄ると、新幹線の中で食べるためパンを二つ購入した。

なるべく大きくて食べ応えのあるパンを選んだ。今は質より量だ。

その後駅に着いた俺はチケットを買い新幹線に乗り込むと、席についてすぐパンをちぎって口に放り込む。

発車までの間にパンをきれいに食べつくした俺は、新幹線の座り心地のいい椅子で少しの間眠りにつくことにした。

☆　☆　☆

二回の乗り換えを経て鹿児島中央駅に着くと、そこから歩いてフェリー乗り場に到着した頃にはとうに日は落ちていて、見上げると満天の星空が広がっていた。

カプセルホテルに泊まるお金さえ余裕がない俺は、フェリー乗り場の近くにあった公園で夜を明かすことに。

「公園で野宿か……八ヵ月ぶりだな」

季節は冬だがさすが鹿児島。一晩くらいなら問題なく過ごせそうだ。

それこそ近場にダンジョンでもあればそこに入ってもよかったのだが、あいにくスマホのダンジョン検索ではヒットしなかった。

俺は屋根のあるベンチに腰掛けるとゆっくりと目を閉じた。

幕間《まくあい》　ダンジョン出現（八ヵ月前）

フェリー乗り場近くの公園のベンチで目を閉じながら、俺はなんとはなしにダンジョンが出来たばかりの頃を思い返していた。

たしか、あの日は春の割にひどく寒い夜だった――

＝＝＝＝＝　＝＝＝＝＝　＝＝＝＝＝　＝＝＝＝＝

「待て真琴《まこと》、まだ話は終わってないぞっ……！」

「全部俺が悪いんだろっ！」

高校を退学になった俺は父親と大喧嘩《げんか》の末、玄関ドアを力任せに開け放つとそのまま家を飛び出したのだった。

行く当てもなかった俺はその足で近くの公園へと駆けこんだ。

家から持ち出したものはスマホと全財産の現金二万円だけ。

十六歳にしては少ないかもしれないが、バイトも貯金もしていなかったのだからしょうがない。

俺は走ったことで喉が渇いていたので、とりあえず公園にあった水道の蛇口をひねる。

すぐ目の前には自販機が置かれていたが二万円しかないんだ、節約しておきたい。

水道の水でのどを潤した俺はベンチを探してそこに腰かけた。

「はぁっ……これからどうしよ……」

夜のとばりの中常夜灯の明かりに照らされながらつぶやく。

静かな夜に公園のベンチで一人。頭に浮かんでくるのは、父親の激怒したそれでいてなんとも言えない悲しみを含んだ顔。

わかっている。

退学処分が親不孝なことだというのは。

でもいじめを見て見ぬ振りできなかったんだからしょうがないだろっ……。

……先生に相談すればよかったのか？

……それとも桜庭《さくらば》たちと話し合えばよかったのか？

……俺のやったことはまるっきり無意味なことだったのか？

頭を抱えながら自問自答を繰り返していた時だった。

「……ちょっ、ちょっとやめてくださいっ！」

若い女性の甲高い声が公園内に響いた。

「ん？　なんだ？」

とっさに顔を上げて辺りを確認する。

と、

「やめてっ、誰か助けてぇっ！」

またも女性の声が公園内にこだまする。

ただ事ではない女性の悲鳴に、俺はベンチから立ち上がると声のした方へと駆け出していた。

☆　☆　☆

すぐに俺は大きな木の下で若い男性二人に絡まれている女性を発見した。

女性は腕を摑《つか》まれながらももう片方の手に持ったバッグを振り回して必死に抵抗している。

「おい、そんな嫌がることないだろ」

「こんな夜遅くに何してるの～って声かけただけじゃん」

「だったら手を放してくださいっ！」

会話から察するにただのナンパのようだった。

てっきり襲われているのかと思ったので俺はとりあえず胸をなでおろした。

だが、

「あっ、きみ助けてっ、お願い助けてっ！」

ほっとしていると女性と目が合ってしまった。

女性はわらにもすがる思いだったのだろう、見た目全然強くもなさそうな俺に助けを求めてくる。

すると男性二人が俺に視線を移した。

その瞬間だった。女性は男性の腕を振り払うと公園の外に猛ダッシュ。「あ、おいっ……！」と声をかける男性を無視して一目散に走り去っていってしまった。

一瞬の出来事に唖然《あぜん》としていた男性たちは気を取り直すと俺に再度向き直る。

そのうちの一人が俺を見て言う。

「おい、お前のせいで逃げられたじゃねぇか」

どういうわけか火の粉が俺に飛び火した。

「いや、そう言われましても……」

ナンパに失敗したのはそっちの問題だろ。

「ったく……ヤマ、もう行こうぜ。さみーよ」

片方の男性がポケットに手を突っ込みながら呼びかけるが、ヤマと呼ばれた男性の方はおさまりがつかないのか俺に近付いてくる。

身長の差から俺は自然と見上げる形になった。

「な、なんですか？」

「謝れ」

「……え？」

「謝れって言ったんだ」

デジャブか？

先週高校で俺が桜庭に対して放ったセリフをまんま口にする男性。

「え、えっと……」

「いいから謝れっ！」

「あっ……す、すいません」

桜庭たちにボコボコに殴られた時の痛みと記憶が脳裏をよぎり、とっさに頭を下げ謝ってしまった。

「ふんっ」

と鼻を鳴らし立ち去っていく男性。

「おい、ヤマ待てってば」

もう一人の男性もあとを追っていってしまった。

夜の公園に一人残された俺は、悪くないのに謝ってしまったことを後悔するとともにそんな自分を恥じて、

「くそっ………」

きゅっと唇をかみしめていた。

◇◇◇

春の公園で二晩過ごし迎えた三日目の朝、それは突然訪れた。

ドゴゴゴォォォォーン‼


ものすごい爆音とともに地面が激しく縦に揺れた。

俺はその衝撃で飛び起きると、

「んな、な、なっ……⁉」

自らの目を疑った。眠気も一瞬で遠くに吹き飛んでいく。

「なっ、なんだこれっ！！？」

俺は目の前の状況に声を震わせ叫んだ。

パニクるのも無理はない。

なぜなら俺が寝泊まりしていた公園の中央広場には、直径二十メートルはありそうな大きな穴がぽっかりと開いていて、その中には穴の奥底へと続く階段が出現していたからだ。

☆　☆　☆

しばらく呆《ほう》けていた俺だったが、はっとなりスマホで地震情報を確認しようとすると、ネット上ではすでに俺の目の前にある穴と似たような穴の写真や動画が多数アップされていて、大騒ぎとなっていた。

詳しく見てみるとその中にはアメリカや韓国など海外からの投稿も数多くある。

「なんだよ、何がどうなってるんだ……？」

俺は目の前で起こった、そして世界各地で起こった出来事に理解が追いつかないでいた。

普段は対応が遅いとの批判を受けることもある日本政府だったが、この時ばかりは違っていた。

縦揺れの大地震からわずか十五分後、政府から緊急事態宣言が国民に発令されたのだ。

一人公園で穴の中の様子をうかがっていた俺のスマホにも政府からメールが届いた。

そのメールでは全国民に対して、外出禁止と各地に現れた正体不明の穴には絶対に近づかない旨の警告がなされていた。

「外出禁止って言ったって俺には帰る場所なんて……」

覚悟を持って家出したのに今さらどんな顔して家に帰れというんだ。

行く当てもなく自暴自棄になっていた俺は、目の前の穴の奥へと続く階段をただじっとみつめていた。

☆　☆　☆

人間は十人十色、いろいろなタイプの人間がいる。

好奇心旺盛な者やスリルが大好きな者、駄目だと言われたら余計にやってみたくなる者や危険にあえて飛び込む者、そして自分なんてと自暴自棄になっている者。

世界各地に存在するそういった命知らずの者たちは、周りの制止を無視して穴の奥へと潜っていった。

そして地上に戻ってくるなり中の様子をＳＮＳで拡散したのだ。

そしてネット上にアップされたその動画を見た誰かがこうつぶやいた。

これはまさしく《ダンジョン》だと。

◇◇◇

その後世界中で国による立ち入り調査が行われ、ダンジョンの中に今の技術では考えられない物質や見たことのない生物が存在していることがわかると、アメリカとロシアの二大大国が我先にと軍を出動させた。

だがダンジョンの中ではなぜか銃火器は一切使用できず、軍人は期待していたほどの成果を上げられずにいた。

時を同じくして、すでに勝手にダンジョンに入りダンジョンから様々なアイテムを持ち帰っていた人たちがＳＮＳでそれを拡散したことにより、人々はなぜ自分たちはダンジョンに入れないんだと不公平感を募らせていた。

それからすぐに世界各地でダンジョンは国が秘密裏に独占するのではなく開放すべきだ、と主張する人々によるデモが起こった。

　これまでに類を見ないほどの盛り上がりを見せるデモを受けて、アメリカは方針転換を余儀なくされダンジョンは誰でも自由に出入りできるようになった。

　日本ではデモこそ起こらなかったが与党の支持率が大きく急落したため、アメリカのあとを追うようにすぐにダンジョンを広く国民に開放した。

　その後世界各国でダンジョンに関する法律が新しく作られ、日本でもダンジョン探索者の持ち帰ったものは国が高値で買い取るという仕組みや、ダンジョン探索者への税免除などの特別措置法が次々と出来上がっていった。

　銃刀法も改正されダンジョン内において剣をはじめとした武器の所持と使用が認められ、それ以外の場所でも許可さえあれば所持が認められるようになった。

　やりすぎともいえるダンジョン探索者、別称プレイヤーへの優遇措置によってプレイヤーは日を追うごとに増えていった。

☆　☆　☆

　日本が、そして世界が大きく変革していたまさにその頃俺はどこで何をしていたかというと、公園に出来たダンジョンの中で一人魔物と戦っていたのだった。

「くらえっ。スキル、火炎魔法ランク２っ」

前に差し出した手から小さい火の玉が飛び出すと、体長一メートルほどのお化けモモンガに向かって一直線に飛んでいく。

ボウッ。

『ギュギュッ……！』

火の玉が体に触れると一瞬で燃え広がり、お化けモモンガは燃え上がった炎にのまれ鳴き声を上げた。

うめき声が数秒続いたあとお化けモモンガが灰と化す。

《佐倉《さくら》真琴のレベルが6上がりました》

お化けモモンガを倒したことにより俺の頭の中で機械音声がレベルアップを告げた。

俺は「ステータスオープン」と口にするとステータスボードを確認する。

****

名前：佐倉真琴

レベル：26
ＨＰ：１１８／１６２　ＭＰ：８０／１４３
ちから：１０１
みのまもり：89
すばやさ：84
スキル：経験値１０００倍
　　　：レベルフリー
　　　：火炎魔法ランク３
　　　：氷結魔法ランク１

****

「おおっ、上がってる上がってる」

俺のレベルはパラメータとともに一気に増えていた。

火炎魔法もランクが1上がっている。

「さすが。経験値1000倍の効果はすごいな」

俺はお化けモモンガがドロップした薬草を拾うとそれを口に運んで無理矢理飲み込んだ。

決して美味《おい》しくはない。むしろ苦くて食べられたものではないのだが、それでも腹の足しくらいにはなる。

「ふぅ～……もう一ヵ月くらい経《た》ったか」

そう。ダンジョンが現れたその日から俺はずっとダンジョンに潜っていたのだった。

◇◇◇

アニメやラノベでそれなりの知識はあったので、俺はすぐにダンジョンでの生活に順応することができた。

ステータスボードの開き方は独自でみつけ出したし、ダンジョンに潜む魔物とも戦って倒せばレベルが上がるだろうことは容易に想像がついた。

今思えばだが、最初に入ったダンジョンがかなりランクの低いところだったのは僥倖《ぎょうこう》だった。

もし上位ランクのダンジョンだったならどうなっていたことか。考えただけで恐ろしい。

あとから知ったことだが、公園内に出現したダンジョンはランクXのダンジョンだったのだ。

出てくる魔物はスライムばかりで、地下五階まで行ってようやく大きなモモンガの化け物や角の生えたブタの化け物が姿を見せるようになった。

その頃にはスライム狩りによって俺はレベルが6まで上がっていたので、新たに現れた魔物にも充分対処できた。

そして俺のレベルが10に上がった時、スキル【レベルフリー】と【火炎魔法ランク１】を覚えた。

さらにレベル15で【氷結魔法ランク１】を、レベル20で【経験値１０００倍】と【火炎魔法ランク２】を身につけたのだった。

ちなみに【レベルフリー】というスキルがどういう効果をもたらすのかはこの時の俺はまだ知らなかったので、覚えた際には「なんだこれ？」と自然と声に出していた。

ここまでで大体一ヵ月を要したのだが、前述の通りレベル20からレベル26へは【経験値１０００倍】の効果によってたった三十秒足らずで上げてみせた。

☆　☆　☆

レベル26に上がった俺は地上の様子がふと気になって地上に出てみた。

そこにはこれからまさにダンジョンに入らんとする男性三人組の姿があった。

その人たちの話で初めて緊急事態宣言がすでに解かれていたことや、国がダンジョンに入るプレイヤーを全面的に支援することを決めたことなどを知る。

俺はすぐさまネットカフェに向かうと、スマホの充電をしつつダンジョンに関するあらゆる情報を集めた。

ここ一ヵ月スライムがドロップした薬草とポーションしか口にしていなかった俺は、コーラとハンバーガーで腹を落ち着かせると、当面のお金をダンジョンで稼ぐことに決める。

「よし。腹も膨れたしダンジョンに戻るか」

と席を立つも、

「いや、ちょっと待てよ」

と立ち止まる。

俺はすでにレベル26だ。

今さら公園のダンジョンに戻ったところで稼げる額はたかが知れている。

それよりどうせならもっと強い魔物の出るダンジョンで、レアアイテムを回収した方が効率がいいんじゃないのか。

そう思い至り俺はダンジョン検索をしてすぐ近くのランクSダンジョン、通称「浅い凪《なぎ》のダンジョン」に潜ることを決意したのだった。

第四章　閃光《せんこう》の紅蓮団《ぐれんだん》（七ヵ月前）

スーパーで動きやすそうなカジュアルな服を買い、カプセルホテルに一泊して身も心も新たにすると、翌日俺はランクSの浅い凪《なぎ》のダンジョンに向かった。

ダンジョンに着くとその入り口で制服を着た男女混合の四人組のチームに出会う。

見た感じ同年代くらいのようだ。

遠慮して先に行かせようとするも、ソロのプレイヤーは珍しいらしく彼らの方から話しかけてきた。

「あなたもプレイヤーですか？　ソロとは珍しいですね。あ、失礼しました。僕は神代閃一《かみしろせんいち》といいます。高校一年です、どうぞよろしく」

神代と名乗った長身爽やか系イケメンは手をスッと差し出してくる。

「あ、えっと、俺は佐倉真琴《さくらまこと》です、十六歳です。よろしく」

「同い年でしたか。でしたら敬語は必要ありませんよ、タメ口でどうぞ」

「いやでも、そっちも敬語使ってますし……」

「僕のは癖みたいなものですから気になさらないでください」

そう言うと神代はファサッと前髪をかき上げた。

その仕草はどこぞのアイドルのようで様になっている。

「僕たちは入矢《いりや》高校の剣道部員なんです。全員一年です」

言いながら広げた手を後ろの部員たちに向け、神代は全員の紹介を始めていった。

入矢高校だって？　入矢高校といえば剣道の超名門校じゃないか。

剣道にまったく興味のない俺でも、毎年全国各地から有望な選手を集めて全国大会で何年も連覇してるって話は知っている。

でもなんでそんな奴《やつ》らがチームを組んでダンジョンなんかに……？

と、そんなことを考えていたせいで俺は神代の話を聞き逃していた。

気付けば神代による部員全員の紹介は終わっていたようだった。

俺はとりあえず申し訳程度にほかの三人の顔を順々に見ながら会釈をする。

「……とまあそんなところです。要するに僕たちがプレイヤーになったわけは精神修行の一環みたいなものですね……というのは建前で本当は練習ばかりでバイトも出来ない部員たちのお小遣い稼ぎといったところです」

訊《き》いてもいないのにダンジョンに潜る理由を説明する神代。

「あー……そう、なんだ」

「あなたはなぜプレイヤーに？」

「俺？　俺は……必要に迫られてかな」

最近ではダンジョン暮らしの方が妙に落ち着くという理由もあるが、変に思われるのも嫌なので黙っておく。

「そうですか。ちなみにレベルはおいくつですか？」

「26だけど」

「「「26っ⁉」」」

神代の後ろでただ黙っていただけの部員たちが驚きの声を上げた。

「え、何？　何かおかしなこと言ったか？」

「え、ええまあ」

さっきまで涼しい顔をしていた神代も少しだけだが動揺しているように見える。

「僕たちは緊急事態宣言が解除されてからすぐにチームを組んでダンジョンに潜り始めました。これは自慢などではありませんが、僕たちは剣術の心得があるのでランクVのダンジョンでも難なく攻略することが出来たんです」

ランクVといったら俺がさっきまで潜っていたダンジョンよりも2ランク上のダンジョンか。

「その後も僕たちは、そのダンジョンに潜って襲い来る魔物たちを連携して確実に仕留めてレベルを上げていきました。そのおかげで僕たちは今現在全員がレベル20です」

「へー」

四人全員がレベル20ってことは相当数の魔物を倒したんだろうな。

「僕たちはついさっきまで、少なからず自分たちがこのダンジョン攻略のトップを走っていると思っていたんですよ。しかしあなたは僕たちよりも高レベルのソロプレイヤーだった。そこで僕たちは驚いたわけです」

「ふーん、そうだったのか」

まあこっちはこの一ヵ月ずっとダンジョンにいたんだし、【経験値１０００倍】のスキルもあるからな、当然といえば当然なのだが。

「そんなにお強いのでしたら……もしよろしかったらどうでしょう。僕たちとご一緒してくれませんか？」

「え？　それって一緒にダンジョンを攻略しようってことか？」

「はい。みなさんもいいですよね？」

神代は後ろの部員を振り返り訊いた。

「まあいいんじゃねぇか」

「あたしは構わないわよ」

「は、はい。大丈夫です」

口々に神代に賛同する部員たち。

結局全員が俺を受け入れてくれた。

「ということでいかがでしょうか？」

「……うーん」

俺は頭を悩ませる。

俺を必要としてくれるのはありがたいが一人の方が気楽でいいのだけれど……。

ただどちらにしろ、俺も神代たちも今からこのダンジョンに潜るわけだから断ったらあとが気まずいよな。

神代の後ろで部員たちが俺をじっとみつめている。

……仕方ないか。

「……わかった。世話になるよ」

「ありがとうございます、佐倉さん。あ、そうだ。僕たちのチーム名をまだ言っていませんでしたね」

そう言うと神代は俺の目をしっかりと見据えてからうやうやしく頭を下げた。

「僕たちは《閃光の紅蓮団》です。どうぞよろしくお願いします」

◇◇◇

閃光の紅蓮団のメンバーたちはみんなかなりの強さだった。

剣道で全国連覇はやはり伊達《だて》じゃない。運動神経が俺とは天と地ほどの差があった。

ダンジョンに入ってすぐ現れた体長一メートルはある大きな角と尻尾をもったヘラクレスオオサソリを、メンバーの女子二人が連携してあざやかに始末してみせたかと思うと次の瞬間、通路の陰から襲い掛かってきた羽の生えた大蛇のようなヘルバイパーを、神代が左手に握っていた木刀で見事打ち倒す。

さらにもう一体またもヘラクレスオオサソリが姿を見せると、今度は体格のいい男子が剣道の胴打ちのような太刀筋でこれを壁に吹っ飛ばした。

全員が全員レベル20なうえ全員が全員剣道の有段者。

レベルこそ俺の方が26と少し高いが、おそらくまともにやりあったら俺なんか足元にも及ばないだろう。

ちなみにさきほど息の合った連携を見せた女子二人はそれぞれ長澤《ながさわ》紅子《べにこ》と水川《みずかわ》蓮華《れんげ》というそうで、腕力でもってヘラクレスオオサソリを吹っ飛ばした男子は海道《かいどう》光《ひかる》というのだそうだ。

そしてリーダーの神代閃一、この四人の名前を一文字ずつとってチーム名を閃光の紅蓮団と名付けたというわけらしかった。

長澤は女子としては背が高くおそらく俺と同じくらいの身長だろうか。長い髪を後ろで結んで活動的な印象のある凛々《りり》しい感じの剣道女子だ。

一方水川は小柄で眼鏡をかけていて、一見すると図書委員のような雰囲気をまとったおとなしめな女子だ。その立ち居振る舞いはとても剣道の有段者には見えない。

「すごいな、お前たち」

「いえ、それほどでもないですよ」

神代は涼しげな顔で俺に振り向いて言う。

これじゃ俺の出番はなさそうだな。

そう思いつつ俺は緊張の糸を緩めた。

とその時だった。

「佐倉、上っ！」

長澤が大声で叫んだ。

その声で俺はとっさに顔を上げる。

するとハチドリほどの大きさのポイズンバードが頭上から俺めがけて飛び掛かってきていた。

俺は瞬時に体をのけぞらせポイズンバードの攻撃を避けようとしたが、くちばしの先が首元をシュッとかすめた。

「ぐぁっ」

鮮血が少量だがほとばしる。

「大丈夫ですか佐倉さんっ」

神代が俺に駆け寄ってきた。

と同時に「おおりゃあーっ」と海道が、地面すれすれをホバリングしていたポイズンバードを踏みつぶしこれを倒した。

「大丈夫なのっ？」

「平気か佐倉っ？」

「だ、大丈夫ですか佐倉さんっ！」

神代だけでなく長澤も海道も水川もみんな焦ったような顔をして俺を取り囲む。

おおげさだな、首からちょっと血が出たくらいで。

「平気だって。ちょっとかすっ——」

刹那、ぐらんと頭が重たくなったかと思うと俺の記憶はそこでぷつっと途切れてしまった。

◇◇◇

「……佐倉さんっ、佐倉さん聞こえますかっ。佐倉さんっ」

神代の声が聞こえる。

俺はその声に導かれるようにして目覚めた。

「あ……あれ……俺……？」

「よかった。気がつきましたね」

「平気みたいね」

目を開けると俺は地面に横たわっていて、神代と長澤が安堵《あんど》の表情で俺の顔を覗《のぞ》き込《こ》んでいた。

「神代。長澤……俺、どうして……？」

「佐倉さんはポイズンバードの毒にやられたんですよ」

と神代。

「毒？　……そういえば」

ポイズンバードの攻撃を避け切れずくちばしが首元をかすめたんだった。

俺はとっさに首元に手をやる。

「あれ？　傷が、ない……？」

浅い傷だったがたしかに攻撃をくらったはずなのに。

「あんた、蓮華に感謝しなさいよ」

「え？　水川に？」

蓮華というのは水川のこと。

女子同士仲がいいのだろう、長澤は水川のことを下の名前でそう呼んでいた。

「どういうことだ？」

俺はやはりすぐ近くで寄り添ってくれていた水川に顔を向けた。

水川は俺と目が合うと恥ずかしそうにうつむく。

「あんた毒が回って気を失ったのよ。それを蓮華が助けてあげたってわけ」

「水川は解毒魔法が使えるからな」

と両腕を組んで俺を見下ろしているのは海道だ。

「ついでに回復魔法で傷も治してやったんだぞ。な？　水川」

「あ、は、はい」

話を振られた水川が遠慮がちにうなずく。

「そうだったのか。ありがとうな水川。助かったよ」

「い、いえ。気にしないでください」

と水川はふるふると首を横に振った。

ボブカットのさらさらとした髪が揺れ、シャンプーだろうか、石鹸《せっけん》のいい香りが俺の鼻孔をくすぐぐる。

「それにしても解毒魔法とか回復魔法とかあるんだな」

「あんた魔法使えないの？」

長澤が俺の目を見て言った。

「いや、使えるけど俺は火炎魔法と氷結魔法だけだ」

「おっ、火炎魔法ならおれも使えるぜ。お前ランクはいくつだっ」

「ランクは３」

「マジかよ。おれはランク２だぜ、くっそっ」

勝手に張り合ってきて残念がる海道。

正直どうでもいい。

「ほかのスキルは覚えてないわけ？　ダンジョン探索に役に立ちそうなやつとか？」

「そういう長澤たちはどうなんだよ」

俺は少し興味がわいて訊き返した。

「あたしは【忍び足】ってスキルが使えるわ。足音を一切させずに歩くことができるのよ、魔物に気付かれないから便利なの」

「おれは【ちから＋１００】ってスキルがあるぜ。おれにはもってこいのスキルだろ」

長澤と海道が自慢げに語る。

「ちなみに僕は【透明化】というスキルを覚えています。文字通り透明になれるだけですけどね」

神代は爽やかな笑顔を崩さない。

俺は残った水川に視線を移した。

だが水川は俺と目が合うなり目をそらす。

「水川はどんなスキルを覚えてるんだ？」

「わ、わたしは……何もない、です」

「え？　何もない？」

「は、はい。すみません……」

俺はレベル20にもなれば魔法以外の特殊なスキルもみんなが覚えているものだと勝手に思い込んでいた。

だがどうやらそれは違うらしい。

見ると水川は恥じるように目を伏せてしまっていた。

……悪いこと訊いちゃったかな。

俺のせいで肩身の狭い思いをさせてしまったのだとしたら、不用意な発言だったのかもしれない。

俺は水川をフォローしようと明るく声を弾ませる。

「でも回復魔法と解毒魔法が使えるんだろ。それで充分じゃんか。なあみんなっ？」

「ええ、そうですね。水川さんは我々のチームには欠かせない存在です」

空気を読んでくれたのか神代が俺の言葉に賛同してくれた。

サンキュー、神代。

「それよりあんたはどうなのよっ。いい加減教えなさいってば」

話題を変えるつもりだったのか、それとも単に興味があっただけなのか、長澤が俺に顔を近付ける。

「えっと、俺は【レベルフリー】と【経験値１０００倍】ってスキルを覚えてる。レベルフリーはよくわからないけど経験値１０００倍は言葉通りのスキルだ」

「経験値１０００倍ですって⁉　なにそれ、マジなの？」

「それが本当だとしたらすげぇチートスキルじゃねぇかよっ」

長澤と海道が声を上げ反応した。

そして神代も口を開く。

「すごいですね。あなたには驚かされてばかりです。そんなスキルが存在していたなんてびっくりですよ」

普段と変わらず落ち着き払っていてびっくりしているようには見えないが。

「さてと」

と言うと神代は立ち上がった。

「では、佐倉さんもだいぶ元気になったようですからそろそろ下の階に向かいましょうか」

「あいよ」

「そうしましょ」

「は、はい」

神代のその一言で俺たちはダンジョン探索を再開するのだった。

◇◇◇

「はっ！」

「やぁっ！」

「おりゃあぁー！」

「えいっ」

「スキル、火炎魔法ランク３っ！」

俺たちは五人で協力しながら襲い来る魔物たちを打ち倒し、浅い皿のダンジョンを地下へと下り続けていた。

俺を除く四人は剣道の有段者なので手にした木刀で魔物と距離をとりながら戦い、俺は主に魔法を使ってこれらを倒していった。

道中ダンジョン内で手に入れたアイテムは、大きなリュックを背負った海道が一人で持ってくれた。

ダンジョンを出てからそれらを売ったお金を五等分する約束になっている。

ＭＰが底をついてからは、俺はダンジョン内で手に入れた青銅の剣で魔物を仕留めていった。

たまにチームの誰かが、というか主に俺なのだが、怪我《けが》をすると手に入れた薬草かポーションで回復、もしくは水川が魔法で回復してくれた。

アイテムを回収しながら休憩もとりつつ、魔物と戦い着実にレベルを上げてからさらに地下へと下りる。

そんなことを繰り返しながら十時間くらい経《た》った頃だろうか、神代が口を開いた。

「みなさん、今日はこのへんで休みましょうか」

ここは地下九階。

ある程度魔物も倒しつくした俺たちはみんなさすがに疲弊していた。

「そうね。それがいいわ」

「おう。そうしようぜ」

「はい」

「ああ」

当然のように俺を含め反対する者は誰一人としていなかった。

「ではいつものように交代で眠りましょう。海道さん、お願いします」

「任せとけっ」

何やら神代に頼まれた海道は、背負っていたリュックを下ろすと中から寝袋を二つ引っ張り出す。

そしてそのうちの一つを長澤に手渡した。

「ありがと、海道」

受け取った長澤はそれを広げると早速中に入り横になる。

「悪いけど先寝かせてもらうわ。いつも通り時間になったら起こしてね。じゃあ蓮華、神代、佐倉、おやすみ〜」

「そんじゃおれも」

言うなりもう一つの寝袋には海道が入った。

寝つきがいいのか二人はそのまますぐに寝入ってしまう。

「すぅすぅ……」

「ぐぅぐぅ……」

二人が寝たのを確認すると神代は、海道のリュックからパーコレーターというものを取り出しコーヒーを用意して俺と水川に差し出してくれた。

「すみません佐倉さん。僕たちはあと三時間ほど待機です。その間コーヒーでも飲んで待ちましょう」

神代が言うには、これまでも仮眠をとる時は長澤と海道が先に寝て神代と水川が見張りをし、それを三時間で交代するというルールでやってきたのだそうだ。

「寝袋は二つしかないので海道さんが起きたら佐倉さんが使ってください。僕は構いませんから」

神代は湯気の立ったコーヒーを口にしながら俺を見た。

「え、悪いってそんなの。俺はどんな場所でも寝られるから神代が使っていいよ」

あくまで俺は部外者だ。

ただでさえちょっと足を引っ張っている感もあるのにさらに迷惑をかけるわけにはいかない。

「ですが……」

「いいんだよ。神代が使ってくれ。俺は本当にいいから」

「……そうですか。ではお言葉に甘えてそうさせてもらいます」

かたくなに拒否するとさすがの神代もしぶしぶ俺の申し出を受け入れてくれた。

俺は熱いコーヒーをずずっと飲みながらなんとはなしにもう一人の仲間、水川に目をやった。

マグカップを両手で大事そうに持った水川は、口をとがらせふぅふぅとコーヒーに息を吹きかけている。

水川の眼鏡はコーヒーの湯気で真っ白に曇っていた。

「水川。今日はいろいろ助けてくれてありがとうな」

解毒魔法に回復魔法。

水川がいなかったら、俺はこうしてダンジョンの中で優雅にコーヒータイムなど迎えられなかったかもしれない。

だから素直に感謝の意を伝えた。

だが水川は、

「い、いえ。わたしなんか全然っ……です」

謙遜しているのか首を何度も横に振る。

「そんなことないって。水川がいなかったら俺死んでたかもしれないんだし、本当に感謝してるよ」

「そ、そんなこと、ないです」

またも首を横に振る水川。

意外と頑固だなこいつ。

そんな水川に俺もつい意地になってしまう。

「あのなぁ、人の好意は素直に受け取るもんだぞ。ありがとうってば」

「で、でも」

「でもじゃなくてさ。人からありがとうって言われたらどう返すかなんて子どもだって知ってるぞ」

「……」

「じゃあもう一回だけ言うからな。今日はありがとう水川」

俺は水川を正面にとらえて深々と頭を下げた。

すると観念したのか、

「……は、はい。どういたしまして」

水川は小さくうなずき俺の感謝の意を受け止めてくれたのだった。

眼鏡が曇っていたせいでよくわからなかったが、その時の水川はほんの少しだけだが笑ったように見えた気がした。

◇◇◇

「どうやらここが最深階のようですね」

神代が落ち着いた口調で言う。

ダンジョンの最深階はこれまでとは空気の質が異なるので、足を踏み入れた瞬間何か感じるものがある。

ここは浅い凪のダンジョン地下十五階。

俺たちは二日がかりでやっと最深階にたどり着いたのだった。

「ここにはきっとボスがいますからね。用心しましょう」

「よっしゃー。腕が鳴るぜっ！」

海道は力こぶをアピールするように服の袖をまくってみせる。

「さっさとボスを探して倒してやるぜっ」

一人やる気に満ち満ちた海道。

それには理由があった。

というのも、さかのぼること二十分前——

「ステータスオープン」

****

名前：佐倉真琴

レベル：36
ＨＰ：１６２／１９９　ＭＰ：４１／１７２
ちから：１２３
みのまもり：１０４
すばやさ：97
スキル：経験値１０００倍
　　　：レベルフリー
　　　：火炎魔法ランク４
　　　：氷結魔法ランク３

：電撃魔法ランク１

****

俺はステータスボードを見ながら言う。

「えっと、俺はレベル36だな」

「マジかよっ。おれたちはレベル24だぜ」

「同じだけ魔物を倒したのにね。やっぱりスキルのおかげね、きっと」

「くそっ。ずりぃな」

地下十四階でのこと。俺たちはお互いのレベルを確認し合っていた。

その結果、ほぼ同数の魔物を倒していながら俺には【経験値１０００倍】のスキルがあったため、一人だけレベルが抜きん出てしまっていたのだった。

「これならボスじゃんけんは佐倉は外そうぜ。なあ神代？」

「いえ、そういうわけにはいきませんよ。佐倉さんも仲間なんですから」

「なんでだよっ」

海道と神代が何やら話しているが何の話かいまいちわからない。

そんな俺の表情に気付いたのか長澤が俺に話しかけてきた。

「ボスじゃんけんていうのはね、あたしたちの間で決めたルールの一つなのよ。ボスって倒したら経験値沢山もらえるでしょ、だから誰がとどめを刺すかあらかじめじゃんけんで決めようってことにしたの」

「なるほどね」

「前のダンジョンでは蓮華がじゃんけんで勝ったから蓮華がボスを倒したのよ」

「ふーん。そうなのか？」

「は、はい」

俺が顔を向けると水川は申し訳なさそうにうなずいた。

「ちっ、仕方ねぇ。じゃあ佐倉も入れてボスじゃんけんさっさとやるぜっ」

――その結果じゃんけんに見事勝利したのが海道だったというわけだ。

「さーて、ボスはどこだーっ？」

海道が肩を回しながらずんずんと通路を進んでいく。

俺たちはそのあとをついて歩いていた。

とその時だった。

『グォォォーン！』

魔物のうなり声が聞こえてきた。

明らかにこれまでに出てきた魔物のそれとは違う腹に響く重低音の声に、俺たちはこいつがボスだと直感的に悟った。

「あっちだ、行くぜっ！」

すると海道は俺たちを置いて我先にと声のした方に駆け出していった。

◇◇◇

一人ボスのもとへと駆け出した海道を俺たちは追ったが姿が見えない。

とそこへ――

「うがあぁーっ……！」

海道の声だ。

俺たちは声のもとへと急ぐ。

通路を走り、突き当たりの丁字路を右に曲がると広い空間に出た。

っ⁉

そこで目に飛び込んできたのは、異様に長く大きな尻尾が二股に分かれたキツネのような魔物だった。

そして壁際には海道が立て膝をついている。

すぐにステータスボードをスクロールして確認すると、魔物の名前は二尾《にび》だとわかった。

やはりこのダンジョンのボスのようだ。

「海道さんっ」

「だ、大丈夫だっ。ちっと油断しただけだぜっ」

神代の声に海道が返す。

「こいつはおれがやる。お前ら絶対に手ぇ出すなよっ」

そう言うと二尾に向かっていく海道。

「うおおおーっ！」

木刀を大きく振りかぶってから一閃《いっせん》。海道は二尾の横っ腹に強烈な一撃をくらわせた。

もし今のが木刀ではなく真剣だったなら勝負は決まっていただろう。

そんな一撃だった。

だが二尾は倒れかけたものの体勢を立て直すと攻撃直後の海道の首に噛《か》みついた。

「ぐあぁぁー！」

海道の首から血がブシュゥッと噴き出る。

「まずいっ」

神代のつぶやきにいち早く反応したのはなんと水川だった。

水川は危険をかえりみず二尾と海道の間に割って入ると、下から剣道の突きのような型で二尾の首を打ち抜いた。

二尾はたまらず後ろへ飛《と》び退《の》く。

首を手で押さえながらうめく海道に向き直ると、

「スキル、回復魔法ランク２っ」

水川が海道に手を向けた。

青白い光が海道を包む。

「僕たちもいきましょうっ」

「ええ！」

神代と長澤は二尾に向かって駆け出した。

俺もあとに続こうと足を踏み出そうとした矢先、

『グォォォーン！』


二尾が天井を見上げ体を震わせた。

すると次の瞬間二尾の体が炎に覆われた。

さながら炎の化身のように変化した二尾は、神代と長澤を飛び越えるといまだ海道に回復魔法をかけていた水川めがけて落下。

「蓮華、危ないっ！」

長澤の叫び声が部屋中にこだました。

「スキル、氷結魔法ランク３っ！」

俺は水川を今にも自らの炎で燃やし尽くさんとする二尾の動きを止めるため氷結魔法を放った。

二尾の周りに氷の結晶が現れ二尾の燃え盛る体を覆う。

だが相手は炎の塊のようなもの。氷は蒸発し二尾は水川へとそのまま向かっていく。

まさに水川の目の前に二尾が迫った瞬間俺はとっさに、

「スキル、電撃魔法ランク1っ！」

いちかばちか覚えたばかりの電撃魔法を唱えた。

初めて使う魔法、さらにランクは1。なのでこれは賭けだった。

すると――

バリバリバリバリィィィイッ！

俺の手から飛び出したバレーボール大の電気の球体が、二尾にぶち当たりこれをはね飛ばしたのだった。

地面に落ちた二尾はぷすぷすと焦げたにおいを部屋に充満させている。

そして……。

『グォォォーン……！』

倒れながら最後にひと鳴きしたかと思うと直後消滅した。

☆　☆　☆

なぜランク1の魔法で倒せたのかはわからない。

もしかしたら電気が弱点だったのかもしれないし、電撃魔法はランク1でも強力な魔法だったのかもしれない。

まあ、そんなことはどうでもいい。水川を助けることが出来たのだからよしとしよう。

《佐倉真琴のレベルが61上がりました》

「おおっ、一気にレベルが上がった」

期せずして俺のレベルは36から97にまで跳ね上がった。

とその頃ようやく水川によって傷を治してもらった海道が起き上がる。

「海道さん大丈夫ですか？　……海道さん？」

神代の問いかけを無視して俺のもとへつかつかやってくる憮然《ぶぜん》とした表情の海道。

別に礼ならいいのだが。そもそも水川を助けようとしてやったまでだし。

「海道、別に気にすることぐふぅっ……!?」

「海道さんっ」

「海道っ！」

「っ！」

あろうことか海道は正面に立つなり俺の腹にボディーブローを打ち込んできた。

「海道っ、あんた何を――」

「お前は黙ってろっ！　おい、佐倉！　手ぇ出すなって言ったよなっ！」

長澤の制止を遮り海道は大口を開けほえる。目は怖いくらいに血走っていた。

「おれの獲物を横取りしやがって、くそがっ」

「げほっ……ごほっ……くっ……お、俺は別にそんなつもりじゃ――」

「おい、神代っ。ダンジョンは攻略したんだ、おれは先に帰るぜっ」

そう言うと海道は一人でもと来た道をさっさと戻っていってしまった。

「なによあいつっ。助けてもらっといてっ」

長澤がイラ立ち交じりに舌打ちをする。

「佐倉さんすみませんでしたっ。まさか海道さんがあんなことをするなんて……」

「い、いいよ別に。もう大丈夫だから」

殴られる直前にレベルが上がっていたのが幸いした。

そうでなければ海道のパンチを受けてノックダウンしていただろう。

「ふぅ～」

やっぱり一人で行動すべきだったのかな……。

「……じゃあ、俺ももう行くよ」

「佐倉さん、待ってくださいっ……」

「佐倉っ」

俺は神代と長澤二人の声にこたえることなく出入り口に向かう。

「……さ、佐倉さん。さ、さっきは助けていただいてありがとう、ございました……あ、あの……」

「無事でよかったな」

まだ何か言いたげな顔をした水川の肩にぽんと手を置くと、俺はそのままダンジョンをあとにしたのだった――

＝＝＝＝＝　＝＝＝＝＝　＝＝＝＝＝　＝＝＝＝＝

「はっくしょんっ！　……うー、なんか寒くなってきたな」

フェリー乗り場のそばの公園のベンチで物思いにふけっていた俺は、くしゃみを一つするとスマホに視線を落とす。

「六時か……」

現在時刻は午前六時。沖縄行きのフェリーの出港時刻は午後六時。

「十二時間か〜……寝るかな」

何もすることがない俺は自身初の十二時間連続睡眠に挑戦するのだった。

第五章　赤い影のダンジョン

「あ〜、風が気持ちいいなぁ」

鹿児島から沖縄行きのフェリーに無事乗り込むことができた俺は、デッキで風に当たりながらきれいな海を眺めつつ波に揺られていた。

心地よい潮風が頬を撫《な》でていく。

沖縄に着くまでは丸一日ある。

ゆったりとした船旅に心躍らせていると、
ぎゅるるる〜。

腹の虫が空腹を訴えだした。

「そういや昨日から何も食べてなかったっけ」

そこで俺はフェリーの中にあるレストランで食事をとることにした。

☆　☆　☆

「もう腹いっぱいだ〜」

食事を済ませた俺は、フリースペースで椅子に腰かけスマホを充電しながらゲームを楽しむ。

船内にもゲームセンターはあったが、ガヤガヤした場所より俺は一人静かにスマホゲームの方が性に合っている。

数時間楽しんだのち客室に戻ると俺はそこで眠りについた。

☆　☆　☆

翌日。フェリーは沖縄の那覇港に到着した。

船を下りると暖かで澄んだ空気が出迎えてくれた。

「はぁ～」

大きく背伸びをしてから、俺は沖縄にあるというお目当ての赤い影のダンジョンの正確な場所をアプリで確かめた。

「おっ、割と近いな」

ダンジョンのある場所は充分歩いて行ける距離だったので、俺は早速そこに徒歩で向かった。

☆　☆　☆

ダンジョンに近付くにつれだんだんと人の数が増えてきた。

もしかしたら俺と同じように、報奨金三千万円につられたプレイヤーたちが集まってきているのかもしれないな。

そう思いつつしばらく歩くと、大きな湖があり、そのほとりにダンジョンへと続く大穴が待ち構えていた。

それと同時に多くのプレイヤーたちの姿もそこにはあった。

「最初からあんな強い魔物が出てくるなんて聞いてないぞっ」

「ランクＨのダンジョンってマジやばいな」

「絶対無理っ。あんなの死んじゃうもん」

「みなさーん！　悪いことは言いません、諦めた方が賢明ですよー！」

何やら騒がしいが聞こえてくるのは愚痴や警告の声ばかり。

プレイヤーたちの話から察するに、ここのダンジョンはこれまでのダンジョンとは比べ物にならないくらい危険らしい。

……まあ、それでも俺は行くんだけど。

人波をかき分けダンジョンに向かう俺。

すると、

「おい、きみ……おい、そこのきみだよっ」

赤い影のダンジョンの入り口まできたところで、おじさんに横から肩をトントンと叩《たた》かれた。

「え、俺ですか？」

「俺？　あ、きみ男だったのか？　てっきり女の子かと思ったよ」

悪かったな、男っぽくなくて。

「そんなことよりきみ、まさかこのダンジョンに入る気じゃないだろうね」

「え、入りますけど」

「あのねきみ、ここにいるみんなの話耳に入らなかったのか？　このダンジョンはそこいらのダンジョンとはわけが違うよ。わたしはレベル66なんだが地下五階まで行ったところで命からがら逃げてきたんだからね」

「はあ……」

「きみのレベルがいくつかは知らないが、とてもじゃないけど一人でこのダンジョンをクリアするのは不可能だ」

おじさんは善意から俺のことを本気で心配してくれているようだ。

「この世は命あっての物種だからね。生きていればこそだよ、まだ若いんだから」

「はい、まあ……そうですね」

おじさんは俺の肩に手を置いて、うんうんうなずきながら俺を優しい目でみつめている。

……弱ったな。

俺なら多分大丈夫なんだけど、せっかくのおじさんの厚意を無視するのも気が引けるし。

いっそのこと俺のレベルが１９９３２だと教えてやろうか……いや、ふざけてると思われるのがオチだな。

おじさんを怒らせるだけだろう。

俺がダンジョンの入り口を前にして手をこまねいていたそんな時だった。

「ちょっと、そこどいてくださいますっ」

背後から声がした。

「ん？」

振り返るとそこには、金色の長い髪を縦ロールにした外国人っぽい美少女と、背の高い黒服の集団が立っていた。

◇◇◇

「え……？」

俺は金髪美少女と黒服の集団というあまりにも不思議な光景に立ち尽くしてしまう。

「あなたに言ったんですのよ。そこをどいてくださいませ」

シックなドレス姿の美少女は俺を見上げて言った。

手には短剣を握り締めている。

「えーっと、もしかしてきみこのダンジョンに入るつもりなの？」

俺は腰をかがめてその子に訊《たず》ねる。

すると後ろにいた黒服たちが一斉に俺をにらみつけた。

なんだ？

居心地の悪さを感じていると、

「わたくしにはマリアというお父様とお母様からもらった素敵な名前がありましてよっ」

マリアと名乗った美少女は青色の瞳で俺をねめつける。

「あー……そうなんだ」

関わり合いになりたくないと思ったのか、気付くとさっきまでいたおじさんはいなくなっていた。

「それにわたくし、あなたなんかよりよっぽど強いんですからねっ」

マリアは小さな胸を張って、

「聞いて驚くといいですわ、わたくしのレベルは99ですのよっ」

自慢げに言い放った。

「レベル99⁉」

レベル99といったらプレイヤーの最高レベルじゃないか。

それを俺の胸くらいまでしか身長のないこんな小さな子が……？

「本当に？」

「ふふん、そうですわっ」

「そんなちっこいのに？」

「ちっこいとはなんですか、無礼なっ！」

その瞬間、またしても後ろの黒服たちが俺を殺意のこもったような目でにらみつけてくる。

「だって普通に考えたら信じられないし。きみ……マリアって年いくつなんだ？」

「わたくしもう十二歳になりましてよ。充分大人ですわ」

「大人かなぁ？　十二歳は充分子どもだと思うけど」

「なっ⁉　あなたという人はどこまでも失礼なことをっ！」

その時だった。後ろにいた黒服の集団の中で唯一の女性が口を開いた。

「マリア様はロシア系ユダヤ人の血を引いておられますので、十二歳で一人前の大人として認められるのですよ。ですからマリア様は立派な大人の女性なのです」

「ありがとう、マヤ」

「いえ、出過ぎた真似《まね》をして申し訳ありません」

マヤと呼ばれた女性が深々と頭を下げる。

「そういうことですわ。わかりまして？」

「うーん、まあ」

レベルに関しては疑問が残るが。

「ではそこを通してくださいませ。わたくし一人でランクHのダンジョンをクリアしてお父様とお母様にその報告をいたしたいので」

俺が場所を譲ると、

「マヤ、あなたたちはここで待っていてくださいね」

マリアは黒服の集団に別れを告げ赤い影のダンジョンの中に一人で入っていってしまった。

「……あの子大丈夫かなぁ……？」

小さな後ろ姿を眺めながらつぶやく。

「おっと、そんなこと言ってる場合じゃないな。俺も行かないと」

マリアに気を取られていた俺ははっとなると、すぐにダンジョンに歩を進めるのだった。

◇◇◇

沖縄の那覇市にあるランクHの未攻略ダンジョン、通称赤い影のダンジョンに入った俺は早速地下への階段を探すことにした。

今回の目的はアイテム回収やレベル上げなどではなく、誰よりも先に赤い影のダンジョンをクリアすることだからだ。

そしてクリア報酬の三千万円を国からもらう。そのために俺は地下一階のフロアを階段を探しながら進んでいた。

すると、

「ちょっと、なんなんですの〜っ！」

おかしな悲鳴が聞こえてきた。

「あれ？　この声って……」

ついさっき聞いたばかりの声だった。

「……マリアだよな、多分」

変な言葉遣いの金髪美少女マリア。

このダンジョンの入り口で今しがた知り合ったところだが。

「誰か～！　誰か助けてくださいませ～っ！」

その声は目の前の丁字路の左側からだんだん近づいてくる。

と次の瞬間、俺の目の前を左の通路から右の通路に全速力でびゅんと駆け抜けていく者がいた。

それはやはりマリアだった。

そしてそのすぐ後ろを大きなイノシシのような魔物がドドドドッと追いかけていった。

「何してるんだあいつ……？」

たしかマリアはレベル99だと言っていたはずだ。

それが本当なら地下一階の魔物程度で逃げる必要はないだろうに。

無視することも出来たが助けを求めている子どもを放ってはおけない。

俺はとりあえずマリアを追いかけていたデビルボアという魔物のあとを追った。

前方にデビルボアをとらえると、

「スキル、火炎魔法ランク10っ」

手を前に向け魔法を発動させた。

直後ゴォォォッと大きな炎の玉が手から飛び出し、デビルボアを背後から飲み込んだ。

『……ッ！』

叫び声を上げる間もなくデビルボアは一瞬で灰と化す。

とともに通路に熱風が吹きすさんだ。俺は手で顔を覆う。

ランク10の魔法は超強力なのだが手加減出来ないのが玉にキズ。

「きゃあぁっ、なんですのーっ。ものすごくあついですわぁーっ！」

通路の先の方からマリアの声がする。

熱風の嵐がやむと俺はマリアのもとへと近寄っていった。

「おい、大丈夫か？」

「あっ、あなたはさっき会った失礼な男じゃありませんかっ」

「俺は佐倉《さくら》真琴《まこと》だ。助けてやったのにその態度か？」

「べ、別に助けてなんて頼んでいませんことよっ」

嘘《うそ》つけ。助けてって叫んでたじゃないか。

「マリア、きみ……お前ってレベル99なんだよな？　だったらなんで戦わないで逃げてたんだよ。あんな奴《やつ》余裕だろ」

「仕方ないじゃありませんか。わたくし今まで動いている魔物は相手にしたことがありませんもの」

とマリアはよくわからないことを言い出す。

「は？　どういうことだよ」

「これまではマヤたちが先に魔物と戦って、動けなくなったところをわたくしがとどめを刺して倒していましたのよ」

マヤたちというのはさっき一緒にいた黒服たちのことだな。

「じゃあレベルもそうやって上げたのか？　99まで？」

「そうですわ。だからわたくし動いている魔物とは一度も戦ったことがありませんの」

……なんだこいつ。お嬢様にもほどがある。

「ふーん……じゃあ俺は急いでるからもう行くな。お前は地上に戻れよ」

「待ってくださいませっ」

ひしっ。

「こら、ひっつくな」

マリアは俺の腰に後ろからしがみついてきた。

「わたくし、このダンジョンを一番にクリアしてお父様とお母様を驚かせたいんですっ」

「だからなんだよ、俺には関係ないだろ」

「真琴様はかなりのプレイヤーだとお見受けいたしましたわ。どうかわたくしとチームを組んでくださいませっ」

「断る。さっきの黒服たちに手伝ってもらえばいいだろうが」

「それでは一人でクリアしたことになりませんわっ」

「俺と組んでも同じだろうが」

「真琴様ならお父様とお母様にバレませんからっ」

「知るか。いいから放せって」

「うんと言ってくれるまで放しませんことよっ」
「言わない」
「そこをなんとかーっ」
「いやだっ」
「真琴様ーっ」
「あのなぁ……」
「お願いいたしますーっ」

・
・
・

マリアはとにかくしつこく諦めが悪かった。
それはもう仲間など作らないと決めていた俺が根負けするほどに。

◇◇◇

「ありがとうございます、真琴様。真琴様がわたくしとチームを組んでくださってとても感謝していますわ」

「不本意だけどな」

マリアは俺が仲間になると言うまで俺の腰にずっとしがみついていた。

力ずくでむりやり引きはがすことも出来たが相手はまだ小さな子ども。そこで俺は仕方なく、本当に仕方なくだが自分が折れてやることにしたというわけだった。

「言っとくけどこのダンジョンにいる間だけだからな」

チームなんて面倒なもの組むメリットが俺にはない。

「わかっていますわ。わたくしはこのダンジョンさえクリアできればいいのですから」

「マリアはどうしてそんなにこのダンジョンをクリアしたいんだよ。多分だけどお金には困ってないだろ」

高そうなドレスを着て黒服たちを従えて、その振る舞いはお嬢様そのものだ。三千万円に目がくらんだとは思えない。

「わたくしお父様とお母様とは家の事情で離れて暮らしているんですの。だから今度久しぶりに会う時にはわたくしの成長した姿を見せたいんです」

「それでダンジョンに？」

「そうですわ。まだ誰もクリアしたことのないダンジョンをわたくしが一人で制覇して、お父様とお母様をびっくりさせたいんですの」

「ふーん」

その心意気は買うが俺を巻き込まないでほしかった。

「マヤたちは基本わたくしの言うことには絶対服従ですが、雇い主はお父様なのでお父様に訊《き》かれたらきっと本当のことを喋《しゃべ》ってしまいます。だから真琴様はうってつけなのですわ」

マリアが言うマヤというのは黒服の女性のことだ。

「赤い影のダンジョンをクリアしたという肩書きがほしいだけですから、わたくしクリア報酬のお金は一切いりません。三千万円は真琴様がすべて受け取ってくださって結構ですわ」

「えっ、マジで？」

「もちろんですわ」

三千万円をいらないとは……こいつは本当にお嬢様だな。

だがそういうことなら渡りに船、お金は欲しいがあまり目立ちたくない俺にとっては好都合だ。

マリアが一人でダンジョンをクリアしたことにしてお金を受け取り、それを俺があとで貰《もら》う。

……うん。悪くないな。

「マリア、気が変わった。あらためてよろしくな」

「はいですわっ。こちらこそよろしくお願いいたしますわっ」

マリアは一段と顔を明るくさせた。

こうして俺は弱冠十二歳のマリアと握手を交わすとダンジョン攻略を心に誓った。

◇◇◇

最初の方こそビビッて腰が引けていたマリアだったがさすがはレベル99、慣れてくると魔物を一人で倒せるようになった。

「真琴様、今の見ていてくださいましたっ？」

「ああ、見てたよ」

足元にはマリアが今倒したばかりのイノシシ型の魔物、デビルボアが横たわっている。

そして次の瞬間デビルボアは腹に刺さった短剣だけを残して消滅した。

「やりましたわっ。わたくしはじめて一人で魔物を倒しましたわよっ」

飛び跳ねて喜ぶマリア。

縦ロールの髪がびよんびよん揺れている。

「よかったな」

これまで一人では魔物を倒したことがないというマリアに俺は戦い方を教えてやっていた。

とはいっても俺も剣術や格闘術などは習ったことがないので自己流だが、それでもほぼ素人同然のマリアに教えられるくらいには魔物との戦いの経験を積んできているつもりだ。

今でこそ異常すぎるパラメータで力押しの戦い方をしているが、以前はそれなりに考えて戦っていたからな。

マリアは攻撃魔法を覚えているようだったがＭＰが尽きれば戦えなくなってしまう。

そこで俺はマリアが持っていた短剣の使い方を自己流ながら叩《たた》き込《こ》んだというわけだ。

「よし、もう魔物にも慣れただろ」

「ええ。わたくしもうどんな魔物が襲ってきても絶対逃げませんわっ。返り討ちにしてやりますわ

よっ」

　このダンジョンだけ行動を共にすることになったマリア。

　足手まといになられては困るので、魔物が出てきてもその都度逃げないようになってもらっておきたかったのだがこれで大丈夫そうだ。

「ところでさっきの黒服たちだけど……」

　俺は短剣を拾うとマリアに手渡す。

「マヤたちのことですの？」

「ああ。そのマヤさんたちはマリアに戦い方は教えてくれなかったのか？」

　あの人たちがマリアの護衛なのだとしたら格闘術をマスターしている可能性は高い。

　自然と教えるという流れになってもいいはずだが。

「マヤは教えようとしてくれましたがわたくしが断っていましたの」

「なんで？」

「だってわたくしが何もしなくてもどうせマヤたちがすべてやってくれるんですもの。わざわざ危険を冒してまで魔物と戦わなくても、最後のとどめだけ刺して楽にレベルが上がるのならそれに越したことはないじゃありませんか」

　マリアは堂々とした顔で言い放った。

「……お前駄目人間だな」

「なっ⁉　わ、わたくしは断じて駄目な人間などではありませんことよっ！」

マリアは顔を紅潮させると、

「失礼ですわっ、訂正してくださいっ！」

俺の胸をポカポカ殴る。

レベル差があるのでちっとも痛くなどない。

「わかったわかった。それよりさっさと下の階に進もう、ほかのプレイヤーたちがやってこないとも限らないからな」

「そ、そうですわ、こうしてはいられませんわねっ。真琴様、先を急ぎますわよっ」

我に返ったマリアがやる気に満ちた目で俺を見上げた。

そして、

「待ってなさい、このダンジョンをクリアするのはわたくしでしてよっ」

誰にともなく宣言すると、マリアは目の前にあった階段を一段飛ばしで下りていった。

◇◇◇

「階段なかなかみつかりませんわね〜」

「そうだな」

赤い影のダンジョン地下二階。

地面も壁も赤黒い土で覆われている。

俺とマリアは階下への階段を探しながら、そんなだだっ広い洞窟のようなフロアを練り歩いていた。

とそこで前方に銀色に光る布地のようなものが落ちているのを発見する。

手に取って、

****

プリンセスドレス

****

「〈プリンセスドレス〉だってさ。俺には必要ないからマリアにやるよ」

「わぁ、素敵なドレスですわ。早速着替えてきますわねっ」

マリアは手に入れたきらびやかなドレスを装備するため、それを持って俺から離れていった。

そしてしばらくしてから銀色に輝くプリンセスドレスを身に纏《まと》い戻ってくる。

「どうですか？　似合いますか？」

にこにこしながら訊いてくるマリア。

「ああ、似合ってるよ」

お世辞などではなく本当にマリアにぴったりだった。

「ありがとうございます真琴様。先ほどステータスボードを確認してみましたら、〈みのまもり〉が30増えていましたのよっ」

「へー、そんな効果もあったのか」

ダンジョン内で手に入れた武器や防具はダンジョン攻略に有用なものが多いので、プレイヤーたちは自然とそれらを身につける。

その点俺は引きが悪いのか、ダンジョン内では武器や防具などをほとんどみつけたことがない。

まあ、レベルが上がり全パラメータが異常な数値になっている俺には今さら武器も防具も必要ないのだが。

「真琴様、わたくしたちよりも先を行っているプレイヤーの方たちはいらっしゃるのでしょうか？」

「さあな。いるかもしれないな」

クリア報酬三千万円はでかい。

俺たち以外に狙っているプレイヤーたちがいてもなんら不思議ではない。

それこそマリアのようにレベル99もあるようなプレイヤーなら、俺たちより下の階にすでに潜っている可能性だって十分ある。

……レベル99か。

小さな歩幅で隣を歩くマリアを眺めつつあらためて意識がいくのはやはりレベルの高さだ。

いくら黒服たちが協力したからといってもこんな子どもがレベル99とはちょっと違和感がある。

「なあマリア、お前本当にレベル99なんだよな」

「しつこいですわね。まだ信じていらっしゃらないのですかっ」

「いや、そういうわけじゃないけどさ……そうだ。マリアはどんなスキルを覚えているんだ？　レベル99ならすごいスキルとか覚えているんじゃないのか？」

　角度を変えつつ訊ねてみた。

「ふふん。知りたいんですの？」

　するとマリアはにやりとして俺を見返す。

「ああ」

「どうしてもですか？」

「ん、ああ」

「ふっふーん。どういたしましょうかしら～」

　人差し指を口元に持っていき執拗《しつよう》にじらすマリア。

　面倒くさい奴。

「まあいいですわ、そんなに知りたいのなら教えて差し上げます。わたくし素敵なスキルを四つも覚えていますのよ」

　マリアは四本指をビッと俺に向けると自慢げに話し始めた。

「まず一つ目は真空魔法ランク５ですわっ！」

「へー、真空魔法か」

直接見たことはないが聞いたことはある。

たしか真空の刃を飛ばして敵を斬り裂く魔法だったはず。

ランク5ということは威力は中の中といったところか。

「なんか反応が薄いですわね」

マリアは俺のリアクションが小さかったのが不満だったらしく口をとがらせる。

「でも次はもっとすごいから真琴様もきっと驚きますわよっ」

「ああ」

「わたくしのスキル、二つ目は回復魔法ランク10ですわっ！」

「おおっ！　それはすごいな」

「そうでしょうそうでしょう。ランク10ですからね、どんな大怪《け》我《が》だってたちどころに治してみせますわよっ」

腕組みをして満足げにふんふんうなずくマリア。

回復魔法を使える人にはこれまでに複数人出会ったことがある俺だが、ランク10の回復魔法を使える人は見たことがない。

するとやはりレベル99は本当だったか。

「そして三つ目はとっておきのレアスキル、蘇《そ》生《せい》魔法ランク1ですわっ！」

「……蘇生魔法？　なんだそれ？」

そんな魔法は初めて聞いたぞ。

「文字通り生物をよみがえらせる魔法ですわよ。この魔法を使えるのは世界広しといえどもわたくしくらいではなくって？」

「ふふん」と笑みをこぼすとマリアは勝ち誇った表情を浮かべてみせた。

「……それって人間も生き返らせることができるのか？」

だとしたらとんでもない魔法だぞ。

「虫と小動物でしか試したことないのでよくわかりませんわ。でも多分いけるんじゃなくて？」

「マジかよ……」

俺も充分人間離れしているがこいつはもしかしたら俺の上を行く存在かもしれない。

そう思わせるくらい蘇生魔法の衝撃は俺にとって大きかった。

「最後に、四つ目のスキルですが……」

マリアは続ける。

「それは超レアスキル、【経験値10倍】ですわっ！」

洞窟のようなダンジョン内にマリアの自信にあふれた声がこだました。

◇◇◇

「経験値10倍⁉」

「そうですわ。わたくしはこの超レアスキル【経験値10倍】があったおかげで、レベル99になれたといっても過言ではありませんわっ」

マリアは俺を見上げて言い放った。

「経験値10倍ってそんなにレアなスキルなのか？」

「何を寝ぼけたことを言ってらっしゃるんですの、当たり前でしょう。経験値10倍ですわよ、10倍っ。魔物を倒したら普通の人の10倍の経験値が貰えるんですのよっ。そんなスーパーなレアスキル聞いたことありましてっ？」

人差し指を俺の胸に突き刺しながらマシンガンのように畳みかけてくる。

「いや、聞いたことはないけど……」

「そうでしょうとも。わたくしはそんなスーパーでスペシャルなスキルを神様から授かった、いわば選ばれし人間なのですわよっ」

マリアはそう言うと自信満々に胸を張った。

うーん……。

【経験値10倍】が超レアスキルだというのなら、俺の【経験値１０００倍】はどうなってしまうんだろう。

……ていうか俺のほかにも経験値アップのスキルを持っている奴がいたとはな。

俺はそっちの方が驚きだ。

……だとすると、世界中を探せばもしかしたら【経験値１０００倍】や【レベルフリー】のスキルを持っている奴が俺のほかにもいるかもしれないってことか。

「ふーん……なるほど、なるほど」

俺が一人で考え込んでいると、

「ふふん。ちなみに真琴様はどういったスキルをお持ちなんですの？」

マリアがちょっと上から目線で訊き返してくる。

「俺か？　俺はな……」

せっかく気分を良くしているマリアにここで【経験値１０００倍】だ【レベルフリー】だ、なんて言ったら落ち込ませてしまうだろう。それに妙な噂《うわさ》が広まるのも嫌だし、ここは覚えている魔法だけ教えておくか。

「火炎魔法ランク10と……」

「はい」

「氷結魔法ランク10と……」

「えっ」

「電撃魔法ランク10と……」

「ええっ」

「飛翔《ひしょう》魔法ランク１だ」

「えええーっ⁉」

マリアは俺の言葉にみるみる顔をこわばらせ、最後には驚愕《きょうがく》の表情とともに大声を張り上げた。

「な、なんですの、そのランク10の魔法の数々はっ⁉　というか飛翔魔法って一体なんなんですのーっ！！？」

「うるさいな。驚きすぎだろ」

あまりの声の大きさにダンジョン内でマリアの声が何度も反響している。

おかげで耳がキーンとなってしまったじゃないか。

「驚きますわよっ。だってランク10の魔法を三つも覚えているんですのよっ。そんな方に会ったのなんて初めてですわっ」

「そうなのか？」

七ヵ月前、神代《かみしろ》たちと別れてからはほとんどほかのプレイヤーとの接触はなかったから、自分ではそこまですごいとは思っていなかったが。

「そうですわっ。それに飛翔魔法ってなんですのっ？　まさか空を飛べたりするんですのっ？」

「飛べるっていうかちょっと宙に浮かぶだけだな」

「宙に浮かぶ⁉　そんなことが出来るんですのっ⁉　すごい、すごいですわっ。真琴様ってやっぱりすごい方だったのですわねっ」

「いやいや……そんな……」

褒められて嫌な気はしないが、子どもにこうも手放しで褒めちぎられると非常に照れくさい。

俺は返答に困ってしまった。

「そんなにすごいのでしたら当然レベルは99ですわよねっ？」

目をきらきらさせながらマリアが俺の顔を覗《のぞ》き込《こ》んでくる。

「うーん……まあ」

レベル1９９３２と今さら言えるはずもなく。

「やっぱりーっ。わたくしたち最強のチームですわねっ！」

「あ、ああ……そうかもな」

「きっとそうですわーっ！」

俺は飛び跳ねて喜ぶマリアをただじっと生暖かい目でみつめ続けたのだった。

◇◇◇

「えいっ！」

マリアは左から現れたデビルボアの突進を華麗に避けるとその腹を短剣で斬り裂き、

「はっ」

俺は右から向かってきたホブゴブリンのひたいを中指ではじき、これらを絶命させた。

そして二人で目を合わせて、

「余裕ですわね」

「まあな」

うなずき合う。

俺たちは襲い来る魔物たちを倒しながら危なげなく赤い影のダンジョンを進んで、今しがた地下五階まで下りてきたところだった。

　階段探しを優先させているとはいえ、ここまでに俺たちがみつけたアイテムはプリンセスドレス一つだけ。

　先に入ったプレイヤーたちがあらかた拾いつくしてしまったのか、それともこのダンジョンにはもとからアイテムがほとんど落ちていないのか。

　とにかく戦利品一つだけのまま俺たちは下へと続く階段を探し歩いた。

　十分ほど歩いて地下五階で階段をみつけた俺は、ダンジョンに入ってから二時間が経過していることに気付き、

「少し休憩するか？」

　マリアにそう提案する。

　レベル99といえどもマリアはまだ十二歳の女の子だ、口にはしなくともきっと疲れていることだろう。

「そうですわね。お腹《なか》もすきましたし休憩にいたしましょうか」

「よし、じゃあちょっと待ってろ」

　そう言うと俺は、肩から下げていた不思議なバッグの中からキャンプ道具一式を取り出してみせた。

「ええっ⁉　なんですの、それっ？」

　小さなバッグの中からその容量よりも明らかに大きなものが出てきたことに、びっくりして声を

上げるマリア。

「あー、これは不思議なバッグっていっていくらでも物を入れられるんだよ。便利だろ」

「そんなものどこで手に入れたのですかっ？　わたくしも欲しいですわっ」

「アダマンタイトっていう魔物を倒したらドロップしたんだよ」

「アダマンタイト？　聞いたこともありませんわ」

白い地のダンジョンの地下二十階にいたフロアボスのアダマンタイト。

ボスだから今行ってももういない。

ほかのダンジョンでならまた遭遇することもあるかもしれないが。

「真琴様、それ譲っていただけませんこと？」

「やだよ。これは誰にも譲るつもりはないんだ、悪いな」

「わたくし百万円くらいならすぐ都合がつきますけど」

「えっ……百万？」

いきなり飛び出た百万円という額に思わず唾を飲む。

だが、

「……いや、やっぱり駄目だ」

俺はすんでのところで思いとどまった。

百万円は確かに魅力的だが、先を見据えたら不思議なバッグの方が価値があるような気がする。

……それに子どもにアイテムを百万円で売りつけるのもどうかと思うしな。

「そうですか〜。残念ですわ」

「もう一個手に入れたらその時はやるよ」

「ほんとですかっ。絶対ですわよ、約束ですからねっ」

マリアは身を乗り出して念押ししてくる。

「ああ、約束だ」

「ありがとうございます、真琴様っ。ふふふふーん」

「わかったからそこどいてくれ」

俺は鼻歌まじりにくるくる回るマリアをどかすと地面にシートを敷いた。

◇◇◇

「あっ！」

と突然マリアが大声を上げた。

「なんだよ急に。びっくりするだろ」

「あ、すみません真琴様」

「どうした？」

「わたくしお着替えの入ったリュックを持ってくるのを忘れてしまいましたわ」

とマリア。

「いつもはマヤたちがわたくしの荷物を持ってくれているので、ついいつもの調子でおりました。不覚ですわ……」

そういえばマリアは出会った時から短剣しか持ってはいなかった。

「なあんだ、そんなことか」

「そんなこととはなんですのっ。レディにとっては一大事ですわっ。わたくし超がつくほどの綺麗《きれい》好きなんですのよ、同じ服をずっとなんて着ていられませんわっ」

語気を強めるマリアをなだめるように俺は淡々と言葉をかける。

「服なら俺が山ほど持ってきてるからそれを貸してやるよ」

スーパーで着替え用の服を十着も買い込んできたから問題ない。

「食べ物だっていろいろ用意してあるし」

不思議なバッグのおかげで食料のストックもたくさんある。

だが、

「わ、わたくし施しは受けませんわっ」

マリアは頑としてこれを拒否した。

「ファインゴールド家の次期当主として他人に同情などされたくありませんっ」

ファインゴールド家？　お金持ちの家っぽい名前だな。

「じゃあ食事はどうするんだ？　お前さっき腹が減ったって言ってただろ」

「そんなこと言った覚えはありませんわ。真琴様はどうぞお好きにお食べになってください」

そう言うとマリアはシートの端に後ろを向いてちょこんと正座した。

「本当にいいんだな？」

「ええ、お構いなくですわ」

マリアは俺に背中を向けて微動だにしない。

「そういうことなら俺は遠慮なく食べるけど」

俺はフェリーの売店で買っておいたチーズバーガーを取り出すと、ガサガサと包みを破り口に運んだ。

「うん。うまいうまい」

冷たくなってはいるが大好物だからそんなの関係ない。

俺は大好きなチーズバーガーに舌鼓を打ちつつ一人悦に浸るのだった。

☆　☆　☆

一個目のチーズバーガーを食べ終わり、二個目のチーズバーガーに手を伸ばそうとした時だった。

ぐぅ～～～。

何やらマリアの方から音がした。

振り向き見るとマリアの耳がやけに赤い。

「……なあ、やっぱり腹減ってるんだろ？」

「へ、減ってなどいませんわっ」


ぐぅ〜〜〜。


マリアはとっさに自分の腹を手で押さえる。

「あのな、俺は別に同情して言ってるわけじゃないぞ。仲間だから言ってるんだからな」

「……」

「ほらこれ、チーズバーガー。冷めてるけどうまいから食べてみろ」

そう言って俺はマリアの膝の上にチーズバーガーをぽんと置いた。

「真琴様……」

マリアがそのチーズバーガーを手に取り俺を見上げる。

「わたくし……」

「いいから遠慮せず食べな。まだたくさんあるからさ」

「わたくし……宗教上チーズバーガーは食べられませんの」

◇◇◇

「え？　食べられないの？　チーズバーガーを？」

「はい、宗教上の理由で」

ロシア系ユダヤ人の血を引いていると言っていたがそんな決まりがあったのか。

俺は無宗教だからそういうことにはとんと疎い。

「じゃあどういうものなら食べられるんだ？　この中に食べられそうなものあるか？」

俺は不思議なバッグから大量の缶詰めをどさどさっとマリアの目の前に出した。

「そうですわね～……これとか、これとか、あとこれなんかも食べられますわよ」

マリアが手にしたものは焼き鳥の缶詰めにイワシの缶詰め、それと大豆の水煮缶だった。

「へー、なんだ結構なんでも平気じゃないか」

「そうですわね。缶詰めなら大体平気かもしれませんわね」

「それじゃこれ、使い捨てのスプーンだから使ってくれ」

「ありがとうございます。では遠慮なくいただきますわね」

プラスチック製のスプーンとペットボトル入りのミネラルウォーターをマリアに手渡すと、俺も食事を再開するのだった。

☆　☆　☆

「真琴様、ごちそうさまでした」

「ああ。うまかったか？」

「はい。もうお腹いっぱいですわ～」

マリアは満足そうに声をもらす。

結局マリアは先ほど手に取った三つの缶詰めをすべてたいらげ、喉が渇いていたのか五百ミリリットルのミネラルウォーターも飲み干した。

五百ミリリットルの水をすべて飲んだのだから腹もいっぱいになるだろうさ。

俺がシートを片付けようとすると、

「あっ、わたくしがやりますわっ」

マリアは自らそう言うとシートについた土を払い、きれいに折りたたみ始めた。

お嬢様のマリアが率先して片付けをする姿を見て、なんとなくいじらしさを覚える俺だった。

◇◇◇

ダンジョン探索を再開した俺たちは地下六階を階段を探しながら歩いていた。

すると細い通路を曲がったところでとても大きく開けた空間に出た。

その空間には魔物もアイテムも階段も何もなくただ広いだけの部屋だった。

「階段ありませんわね～」

「そうだな」

俺とマリアはその無駄に広い空間をさっさと抜け出ようと先に進んでいると、

「「っ？」」

部屋の中央辺りに来たところで足元に何やらおかしなものを発見してしまった。

「真琴様、これなんですの？」

「……さあ？　ボタンみたいだけど」

それは赤色でボタンのように見えた。

クイズ番組でよく見るような、あの早押しボタンそっくりなものが地面に置かれていたのだ。

「ボタンですか？」

「ああ。でもこんなよくわからないものは無視するに限る、さっさと行こ——」


ポンッ。


「あっ、マリアお前何押してるんだよっ」

「え？　だってボタンって押すものではなくって？」

「そうだけどこれはどう考えても押したらまずいだろ」

「？」

首をかしげるマリア。

全然可愛《かわい》くないぞ。

「押したら駄目でしたの？」

「わからないけどダンジョンにあるボタンとかスイッチは押さない方がいいってなんとなくわかるだろ。もしかしたら罠《わな》とかの可能性もあるかもしれないわけだし」

「そういえばマヤがそんなことを言っていたような気もしますわね」

「ほら見ろ」

そう言った直後だった。


『……アアアァァァァ……』

『……アアアァァァァ……』

『……アアアァァァァ……』

・・・

不気味な声が地面の下から聞こえてきた。

「えっ⁉　な、なんですのっ？」

マリアは怯《おび》えながら俺の腕にしがみつく。

俺とマリアは周囲を注意深く見渡した。

「真琴様～、な、何が起こるというのでしょうか？」

「俺にわかるか」

　すると次の瞬間、

『ガアアアァァァァ……！』

『ガアアアァァァァ……！』

『ガアアアァァァァ……！』

・

・

・

　中級ゾンビの大群が地面から這《は》い出《で》てきたのだった。

◇◇◇

「きゃあっ！　ゾンビですわっ、気持ち悪いですわっ、目が飛び出ていますわっ！」

「おい落ち着けマリア。中級ゾンビだ、大したことない」

「なんでこんなに沢山いるんですの～っ！」

　それは多分お前が変なボタンを押したせいだろっ。とは責めないでおいてやる。

　それくらいマリアはパニクっていた。

「マリア、手を放してくれ。戦いにくい」

「いやぁ〜っ！　体がボロボロですわっ、臭いですわっ、怖いですわ〜っ！」

マリアは俺の言うことが耳に入っていないようだ。

……仕方ない。

「スキル、火炎魔法ランク10っ」

「スキル、火炎魔法ランク10っ」

「スキル、火炎魔法ランク10っ」

俺は最大火力の火炎魔法を中級ゾンビたちに向けて連続で放った。

『……ッ』

『……ッ』

『……ッ』

・

・

・

中級ゾンビたちは大きな炎の玉に飲み込まれ一瞬でこの世を去った。

☆　☆　☆

「おい、もう大丈夫だぞマリア。おい」

「はっ……気持ちの悪いゾンビたちが消えていますわ……」

「ああ。火炎魔法で全部焼き尽くしてやったからな。もういないよ」

それを聞いて安心したのかやっと俺の腕から手を放すマリア。

「……あ、ありがとうございます真琴様。わたくし我を忘れてしまっていましたわ。ファインゴールド家の次期当主として情けないですわ」

「気にするな、誰にでも苦手なものくらいあるさ」

「真琴様……」

マリアは部屋を見回してから、

「それにしてもランク10の火炎魔法とはやはりすごい威力ですわね。あの閃光《せんこう》の紅蓮団《ぐれんだん》の海道《かいどう》様と同じランクというだけのことはありますわね」

ふいに思いがけない名前を口にした。

「えっ、海道がなんだって……!?」

「閃光の紅蓮団の海道様ですわよ。真琴様と同じくランク10の火炎魔法を覚えていらっしゃるって言ったんですの」

海道……閃光の紅蓮団の海道光《ひかる》。

たしかに火炎魔法を覚えてはいたが七ヵ月前に会った時はまだランク2だったはずだ。

それが今は俺と同じランク10の火炎魔法を覚えているのか。

というか——

「なんでマリアが閃光の紅蓮団のことを知っているんだ？」

「なんでって日本のプレイヤーで閃光の紅蓮団のことを知らない方のほうが少ないんじゃなくって？」

とマリア。

「閃光の紅蓮団はチームの四人全員がレベル90台のバランスの取れた、今若者に一番人気のあるチームですからね。ファッション誌にもたまに出ていますわよ、見たことないんですの？」

「あ、ああ。まったく」

全然知らなかった。

閃光の紅蓮団がそんなに有名になっていたなんて。

「閃光の紅蓮団の皆様の動画も人気なんですのよ」

「動画？」

「ええ。海道様のとりあえず殴ってみた動画とか、長澤《ながさわ》様の剣道の練習風景の動画とか、水川《みずかわ》様がお好きなクラゲを紹介する動画とかですわ」

「なんだよそれ」

全然面白くなさそうなのだが。

「特にチームリーダーの神代様の、外国の人たちに向けた正しい日本語講座の動画が素晴らしいんですのよ。全世界の人たちが見ていて再生回数一億回超えの動画もありますの」

「一億回っ？　それはたしかにすごいな」

「神代様はかっこよくて素敵ですから当然と言えば当然かもしれませんわね。あぁ～、一度でいいからお会いしたいですわ～」

マリアが両手を合わせて遠い目をする。

「神代か……」

たしかに背が高くて爽やかで性格もよかったな、あいつは。

「あ、でも真琴様もかなりいい線いっていますわよ。背が低いのが難点ですけれど」

お前が言うな。

「ほら、そんなことよりさっさと階段探すぞっ」

「あら？　もしかして真琴様、わたくしが神代様を褒めたから神代様に嫉妬していらっしゃいます？　ふっふ～ん？」

「子ども相手にそんなことあるわけないだろ」

「あっ、また子どもって言いましたわね～っ」

俺はマリアに背中をいいように殴られながらも地下七階への階段を探し続けるのだった。

◇◇◇

俺たちは地下七階に下りてすぐに横幅四、五メートルの通路の前方に大勢のプレイヤーたちが集

……ウィル・セルフォルト
卒業を迎えた学院生達 単位が足りないウィルは――
『境界祭《テルミナリア》編』フィナーレ！&新章突入!!
コルドロンの遊《あそ》びももう終《お》わりだ
最新第8巻 絶賛発売中!!

『ダンまち』大森藤ノが贈る
もう一つのダンジョンファンタジー
最新刊!!
杖と剣のウィストリア
Wistoria's Wand and Sword
原作／大森藤ノ　作画／青井 聖
KODANSHA

まっているのを目にした。

「？　あの方たちあんなところで集まって一体何をしているのでしょうか？」

マリアが不思議そうな顔で俺を見上げるが俺にも見当がつかない。

そもそも俺たち以外にあんなにも多くのプレイヤーが、このダンジョンに入っていたことの方が俺には驚きだ。

「さあ、なんだろうな。とりあえず行ってみるか」

「はいですわ」

俺たちは彼らに近付いていくと後ろの方にいた三十歳前後の男性に声をかけた。

「すいません。これなんで集まっているんですか？」

「ん？　あー実はこの先に厄介なものがあってね、通れそうもないんだよ。でもみんな三千万円を諦めきれずに手をこまねいているってわけ。他に道はないしおれはどうしようもないから諦めようと思ってたとこなんだけどね」

「厄介なもの？　ってなんですの？」

「自分の目で見たらいいよ。それじゃあね」

そう言い残し男性は俺たちが来た通路を戻っていった。

「なんでしょうか？」

「うーん」

沢山の人たちがいて前の方はまったく見えない。

「真琴様、あの方の言った通り前に行って見てみましょう」

「そうだな」

このままだ突っ立っていてもらちが明かないので、俺たちはその厄介なものとやらを確認することにした。

「ちょっとすいませんっ」

「失礼いたしますわっ」

俺たちは人波をかき分けると前の方に進んでいく。

「ごめんなさいっ」

「失礼いたしますわっ」

そしてようやく二人して集団の最前列に出ることが出来た。

とそこには、

⁉

一面どす黒い色をした水たまりが広がっていた。

水たまりといってもどこが終わりか見えないくらい遠くの方まで続いている。

「なんですのこれっ⁉」

すると、

「……お嬢ちゃん、こいつは毒の池だ」

マリアの言葉に隣にいたハンチング帽を目深にかぶったおじさんがぼそっと答えた。

「毒の池、ですの？」

「……ああ。こいつに触れると最初はどうってことないが徐々にしびれていって、しまいには動けなくなっちまうのさ。一時間くらい前だったか対処法も考えずに馬鹿な奴が無謀にも入っていったんだ……あいつたまたま通りかかった眼鏡の嬢ちゃんがいなかったら、今ごろは池に沈んでるところだ」

「眼鏡の……？」

　おじさんは毒の池とやらをみつめながら話を続ける。

「お嬢ちゃん、解毒魔法は使えるかい？」

「いいえ、使えませんわ」

「そうか。だったらここを突破するのは無理だな。ちなみにここにいる連中は、まあおれも含めてだが、解毒魔法を使えるプレイヤーが来るのを待っているのさ。そいつを金で雇おうって魂胆さ」

「そうなんですの」

「そいつがおれたちに手を貸してくれるかどうかは、わからないけどな……」

　マリアは俺に向き直って、

「真琴様。そうなると時間のロスは痛いですが、わたくしたちも解毒魔法が使える方を待つしかないのでしょうか？」

　少しだけ悲しげな顔で訊ねてきた。

「うーんそうだなぁ…………っ！」

俺は毒の池を眺めつつふとあることを思いつく。

人目は気になるがこの際構うものか。

「んよいしょっと」

「え、なっ、何をしてるんですの真琴様っ⁉」

俺はマリアをお姫様抱っこした。

「ちょ、ちょっとなんなんですのっ⁉　おやめになってくださいっ、恥ずかしいですわっ！」

腕の中で暴れるマリアを無視して俺は、

「スキル、飛翔魔法ランク１っ」

と唱えた。

直後俺の体はマリアごとふわっと宙に浮かび上がった。

◇◇◇

飛翔魔法によって宙に浮いた俺はマリアを抱いたまま毒の池の上を移動する。

その様子を見て、なんだなんだとざわつくプレイヤーたち。

「あ、あんたら一体……？」

毒の池について親切に教えてくれたおじさんも口を開けたまま固まってしまっていた。

「真琴様、下ろしてくださいませっ！　恥ずかしいですわっ、わたくし子どもじゃありませんのよっ！」

「おい、暴れるなって」

手足をばたつかせながらわめくマリアをなだめつつ、俺は低速飛行で毒の池の上を通過していく。

飛翔魔法はランク1なので素早く移動が出来ないからこればかりは仕方がない。

「マリア、頼むから落ち着いてくれ。落ちたらヤバいんだからな」

「放してくださいませーっ！」

☆　☆　☆

それから十分後、マリアの悲鳴で鼓膜が破れるんじゃないかと本気で心配しながらも、俺は毒の池を見事渡り切ったのだった。

「大勢の人の前でお付き合いもしていない男性にあんなことをされて、わたくしもうお嫁にいけませんわぁっ」

俺にお姫様抱っこをされたのがよほど嫌だったのか、マリアは地面に下ろしたあとも悲劇のヒロインばりに声を張り上げている。

「なんだよ。ダンジョンの中で会ったときはそっちの方から抱きついてきたくせに」

「しかもあんなにも強く抱きしめてくるなんてっ……」

と言いながら自分の体をぎゅっと抱きしめ顔を紅潮させるマリア。

「変なこと言うな。お前が暴れたからだろ」

相手は十二歳だ。周りに誰もいないとはいえ発言には充分気をつけてほしい。

「なんだ、もしかして男女で触れ合っちゃいけないっていう教えでもあったのか？　だったら謝るよ。悪かった」

「もうこれはもうあれですわね……うん、あれしかないですわ。真琴様に責任を……」

マリアは俺の言葉を無視して赤い顔で何かぶつぶつと言っている。

どうしてしまったんだ、こいつは？

俺は宗教なんてさっぱりだから何が何だかわからないぞ。

「おい、マリア大丈夫か？　とりあえずダンジョン探索を続けよう。な？　このダンジョンをクリアしてご両親に報告するんだろ？」

「お父様とお母様に報告……そうですわ。それもありますわね……」

「おーいマリア。聞いてるか？」

今度は体に触れないようにして声をかけると、

「真琴様っ」

マリアが何かを決意したような顔で俺に向き直った。

「このダンジョンを見事クリアしたあかつきにはお父様とお母様に報告しに行きますわよっ」

「おおっ、やる気出てきたな。その意気だ」

理由はわからないがどうやらマリアの機嫌はもとに戻ったようだ。

マリアは腕を高く上げ、高らかに言い放つ。

「もちろんですわ。お父様とお母様を喜ばせるためにも、こんなダンジョンなどさっさとクリアいたしますわっ」

◇◇◇

赤い影のダンジョンの地下八階の通路で、俺とマリアはホブゴブリンの群れを相手にしていた。

マリアは短剣を器用に操り、続々と現れるホブゴブリンの首をはね飛ばしていく。

もともと運動神経がいいのか、マリアは俺が教えた以上の動きを見せていた。

そのことに関しては俺は口にこそ出さなかったものの心底感心していた。

一方の俺はというと襲い来るホブゴブリンたちの頭部を素手で次々と殴りつけてはこれらを粉砕、消滅させていた。

だが――

「キリがありませんわねっ」

ホブゴブリンの群れはとどまるところを知らず、通路の向こうからわらわらと無尽蔵に湧いて出てきている。

そこで、

「マリア、ちょっと後ろに下がっててくれ」

俺はマリアを後ろに退《ひ》かせると、

「スキル、火炎魔法ランク10っ」

ホブゴブリンたちに向け最大火力の火炎魔法を放った。

直後俺の手のひらから発射された通路目一杯の大きな炎の玉は、ホブゴブリンの群れを飲み込みながら通路の向こう端まで飛んでいく。

『ギャアァァァ……』

『ギャアァァァ……』

『ギャアァァァ……』

・・・

通路を塞いでいたホブゴブリンたちは一瞬で灰と化しこの世から消滅した。

「さすが真琴様ですわっ。いつ見ても惚《ほ》れ惚《ぼ》れいたしましてよっ」

《佐倉真琴のレベルが7上がりました》

機械音声が頭の中で響く。

お、また上がったか。

俺はこのダンジョンに入ってからここまでですでにレベルが9上がっていた。

今ので合計16レベル上がったことになる。

「でもランク10の魔法をそんな何発も撃ってＭＰは大丈夫ですの？」

マリアが訊ねてくる。

「わたくしの最大ＭＰは４０６ですが真琴様はおいくつなのです？」

「ん？　俺か？　あ、あー俺もそれくらいだよ。うんそうだな、ＭＰはなるべく節約しないとな。気をつけるよ」

マリアの言うように今の火炎魔法は今日四発目だ。

マリアは俺のレベルを99だと思い込んでいるから、俺のＭＰのことを気にかけてくれたようだった。

火炎魔法ランク10の消費ＭＰは１００。

それに比べて現在の俺の最大ＭＰは１１０３０９。

俺の最大ＭＰからしたらたかだか１００くらい微々たるものなのだが、それを知らないマリアに不審に思われないように魔法は当分の間控えておくことにしよう。

◇◇◇

「今日はこの辺で一旦休むか？」

ここは赤い影のダンジョン地下十三階。

ダンジョンに入ってからもう十時間ほどが経過している。

そこで俺は仮眠を取るためにマリアに休憩を提案したのだった。

「そうですわね、そういたしましょう」

マリアの返答を受けて早速俺は不思議なバッグの中から寝袋を引っ張り出すと、

「マリアが先に寝ていいぞ。俺が見張りをするから」

「よろしいんですの？」

「ああ。疲れてるだろ」

「ありがとうございます真琴様」

寝袋をマリアに手渡す。

「ではお先に失礼いたしますわね」

マリアはサイズ違いの寝袋にもぞもぞと入ると疲れていたのだろう、すぐに寝入ってしまった。

☆　☆　☆

「すぅすぅ……」

気持ちよさそうに眠るマリアを眺めながら俺は缶コーヒーに口をつける。

三時間で起こそうと思っていたけど五時間くらい寝かせといてやるか。

ダンジョン攻略を急ぐ身ではあるが、赤い影のダンジョンがこの先地下何階まであるかわからない。

休める時に休んでおいた方がいいかもしれない。

そう思いながら俺は再びコーヒーに口をつけるとずずっとすすった。

☆　☆　☆

——五時間後。

マリアを起こした俺は交代で寝袋の中に入る。

「わたくしがちゃんと見張っていますから安心して休んでくださいませ」

「ああ、ありがとな」

正直なところ俺は見張りなどいなくとも魔物に寝込みを襲われたってなんてことはないのだが、マリアの厚意を無下にするとまた「わたくしは子どもじゃありませんわっ」と怒鳴られそうなので、素直に受け入れることにした。

「服と食べ物は適当に出しておいたから、着替えたかったら着替えればいいし腹が減ったら好きに食べて飲んでくれ。じゃおやすみ」

そう言って俺は目を閉じる。

すると一分もしないうちにがさがさと布のこすれる音がしてきた。

どうやらマリアが服を脱いでいるようだ。

相手は十二歳とはいえ自称大人の女性だ、万が一にでも着替えシーンを見てしまうわけにはいかない。

俺はマリアのいる方とは逆向きに寝返りを打つと、必要以上に強く目をつぶるのだった。

☆　☆　☆

「……様。真琴様、起きてくださいませ。真琴様」

優しく体が揺すられると同時にマリアの声が降ってくる。

「ぅ、ぅん……マリア？」

「そろそろ出発いたしましょう」

「ん……ああ、わかった。ちょっと待ってくれ」

俺は眠い目をこすりながら寝袋から這い出た。

「あ、着替えたんだな。よく似合ってるじゃないか」

「ありがとうございます」

マリアは俺が用意していた服の中から一番中性的な服を選んで着替えていた。

なんてことはないただのトレーナーとロングスカートだが、もとがいいから様になっている。

……ってあれ？

「スカートなんてあったか？　俺そんなの買った覚えないんだけど」

「わたくしお裁縫が趣味なので、真琴様の服を少しだけアレンジさせていただきましたの。我ながらよくできましたわ」

　とほくほく顔のマリア。

　ハサミは短剣で代用できるとして針はどこに隠し持っていたのか……謎だ。

　まあ、それにしても――

「マリアって結構家庭的なところもあるんだな」

「そうですわよ、だからわたくしと結婚できる殿方は最高に幸せなんですからね。真琴様、そこのところよく肝に銘じておいてくださいませっ」

　頬を朱色に染めたマリアは俺の顔に指を突きつけて語気を強めた。

　その迫力に俺はただ「お、おう……？」とだけ返答した。

◇◇◇

「あっ、またアイテムが落ちていますわっ」

　そう言うとマリアがその方向へと駆け出した。

　落ちていたアイテムを拾うと、

「真琴様ー、〈魔草〉ですわーっ」

それを持ったままぴょんぴょん飛び跳ね俺に向かって手を振る。

現在俺たちは赤い影のダンジョンの地下十六階にいる。

地下十四階、十五階、十六階と進むにつれ徐々にだがアイテムを発見できるようになってきていた。

「はい、どうぞですわ」

「サンキュー」

俺はマリアから魔草を受け取ると不思議なバッグの中にしまう。

「これで魔草は三つ目ですわね」

とマリア。

「魔草はいくつあっても困りませんものね」

「そうだな」

魔草というのは見た目は薬草に近くただの葉っぱのようだが、食べるとＭＰを少し回復できるというなかなか便利なアイテムだ。薬草と同じく苦いのが玉にキズだが。

ちなみに魔草のほかには、ドラゴンのうろこで織られた鞭《むち》である〈ドラゴンウィップ〉や、汚れを自動で洗い落とす〈無洗服〉、割ると半径一メートル以内の者を地上へと戻す〈帰還石〉などを手に入れていた。

また地下へと下りるごとに魔物も強さを増していた。

といっても俺にはよくわからないのだが……マリアが少々手こずり出したので多分そうなのだろ

う。

☆　☆　☆

『ギャアオ！』

『ギャアオ！』

通路を右に曲がったところで泥水がそのまま生命を持ったような魔物、ハイドロゲドンが二体姿を見せる。

「真琴様、お願いいたしますわっ」

「任せとけ」

ハイドロゲドンは通常の物理攻撃が一切効かないため俺の魔法の出番というわけだ。

俺はマリアの前に立つと、

「スキル、氷結魔法ランク10っ」

と唱えた。

刹那、二体のハイドロゲドンが一瞬で氷漬けになって身動きがとれなくなる。

そして、

「はっ」

これらを拳で打ち砕きこの世から消滅させた。

《佐倉真琴のレベルが1上がりました》

俺の頭の中だけにレベルアップを告げる機械音声が聞こえてくる。

階段を探すかたわら襲い来る魔物は返り討ちにしていたのでちょこちょことレベルは上がり続けていて、気付けば現在の俺のレベルは１９９５８にまで達していた。

「真琴様、魔草食べますか？」

俺のＭＰ消費を気にしてマリアが声をかけてくれるが、

「いや大丈夫だ。さっき仮眠もとってある程度は回復しているから」

とやんわり断る。

本当は魔草など食べる必要もないくらい俺のＭＰは無尽蔵に近いのだが、そのことをマリアは知らない。

「このダンジョン地下何階まであるのでしょうね？」

「さあな。どこまでだろうな」

ランクが高いからといって必ずしも地下深くまでダンジョンが続いているとも限らないため、まったく見当がつかないのだ。

「休憩するか？」

「いえ、大丈夫ですわ。先を急ぎましょう」

おそらく疲れているはずだが気丈に振る舞うマリアを横目で眺めつつ、俺は地下十七階へと歩を進めた。

◇◇◇

地下十九階にて、俺たちは巨大迷路のような入り組んだ地形に迷い込んでしまっていた。

「困りましたわ。完全に迷いましたわね」

「さっきここ通ったよなぁ、多分」

もうかれこれ一時間ほど見覚えのある場所をぐるぐると回っている気がする。

いっそのこと壁を破壊して進んでしまおうかとも考えたのだが、そんなことをしたらマリアに怪しまれてしまう。

俺はあくまでレベル99の設定なのだから、人間離れした行動は慎まないといけない。

「喉が渇いただろ。ほら」

「あ、ありがとうございます。真琴様」

俺はミネラルウォーターを二本取り出すと一本をマリアに手渡した。

ごくごくごく……。

俺たちは一旦立ち止まると喉を潤しながら考える。

「どうすればいいのでしょう。もしかしてわたくしたちもう一生ここから出られないなんてこと

「……」

「方法はある」

「えっ、本当ですの？」

「ああ。かなり時間がかかる方法だけどこの際仕方ないな」

「それは一体どんな方法ですの？」

「それはな……」

☆　☆　☆

「たしかにこれならいつかは抜け出せますけど面倒くさいですわね」

「他に方法があるなら聞いてやるぞ」

「……ないですけれど」

「じゃあつべこべ言わず歩くんだな」

俺たちは迷路のような通路の壁に左手をくっつけながら歩いていた。

この方法なら時間はかかるが必ずいつかは出られる。

「こんなことをしていたらほかのプレイヤーの方たちに先を越されてしまいますわ」

とマリアは言うが、そもそもお前がいなければ俺はこんな壁破壊しながら突破できるんだぞ、と言ってやりたい。

どれだけの時間そうやって歩いただろうか、

「……」

「……」

「……」

突き当たりの通路の右側から人の話し声と地面を歩く足音が聞こえてきた。

「誰かいますわよっ」

「ああ、近いな」

ほかのプレイヤーだろう。

こっちに近付いてきているようだ。

五メートル……三メートル……一メートル……。

段々と足音は大きくなってくる。

そして次の瞬間右の通路から現れたのは――

「えっ⁉　佐倉さんっ？」

「佐倉じゃんかっ！」

「佐倉っ……⁉」

「佐倉さんっ」

「あっ、お前たちっ」

七ヵ月ぶりに見るチーム閃光の紅蓮団の四人だった。

「お久しぶりです佐倉《さくら》さん。いやあ～こんなところで再会するなんて奇遇というかなんというか。まさか佐倉さんもこのダンジョンに挑んでいたなんて驚きですよ。やはりクリア報酬の三千万円が気になってということですか？」

　と、さながらゲームの世界から飛び出てきた勇者のような出《い》で立《た》ちの神代《かみしろ》が前髪をかき上げつつ言うと、

「そんなことどうでもいいじゃないの。それより元気だった、佐倉っ？」

　とくのいちのような恰好《かっこう》をした長澤《ながさわ》が距離を詰めて訊《き》いてきた。

「あ、ああ。俺は普通に元気だったけど」

「そっかそっか、それはよかったわ。ほら、蓮華《れんげ》も挨拶しなよ。また会いたいって言ってたじゃんか」

「ちょ、ちょっと紅《べに》ちゃん、わたしはそんなっ……」

　長澤に背中を押されてこちらもゲーム世界から出てきたような、タイトなボディスーツを着た水《みず》川《かわ》が前に出てくる。

　もじもじしながら顔を赤らめた水川は目を泳がせながら、

「あ、あの……佐倉さん、お久しぶりです……え、えっと……」

相変わらず口下手な様子で挨拶をした。

「ああ、久しぶり水川。元気だったか？」

「あ、は、はい。ありがとうございます」

何度も頭を下げる水川。

変わってないな。

と、

「えっ、えっ、えっ。な、なんですのっ⁉　真琴《まこと》様と閃光《せんこう》の紅蓮団《ぐれんだん》の皆様はお知り合いなんですのっ？」

呆気《あっけ》にとられていたマリアだったが、ふと気を取り戻すと俺の服を引っ張りながら声を上げる。

「えーっと、知り合いっていうか――」

「僕たちは前に一緒にダンジョン探索をした仲なんですよ」

俺が口を開こうとすると神代が代わりに答えた。

「ええーっ！　そうなんですのーっ⁉」

マリアは神代と俺の顔を交互に見ながら叫ぶ。

「ええ、そうですよ。あれはたしか七ヵ月くらい前でしたかね」

「ああ、それくらいだな」

「すごいですわっ、すごいですわっ！　真琴様ってやっぱりすごい方だったのですわねっ！　そして神代様は思っていた通りのとっても素敵な方でしたわーっ！」

自分の世界に入り恍惚《こうこつ》の表情を浮かべるマリア。

そういえば神代に会いたいとか言っていたっけ。

「ねえ佐倉、もしかしてだけどその子あんたの彼女じゃないわよね」

長澤が怪訝《けげん》な顔でとんでもないことを言い出す。

「なわけないだろ」

相手は十二歳だ。普通に捕まってしまう。

「だよね～。だって。よかったわね蓮華」

「べ、紅ちゃんってばっ……」

長澤と水川がこそこそと何か話している。

以前と変わらずに仲がよさそうで何よりだ。

「おい、そろそろ行こうぜ」

すると憮然《ぶぜん》とした表情の海道《かいどう》がしびれを切らしたように言葉を発した。

海道は頑丈そうな鎧《よろい》に身を包み腕組みをしている。

「ちょっと海道、せっかく久しぶりに会ったんだしこのまま一緒に行けばいいじゃん。ていうかあんた七ヵ月前のこと佐倉に謝れば？」

「うるせ。余計なお世話だ」

予想はしていたがやはり海道も海道のままか。

「海道さん、いいじゃないですか。佐倉さんたちも僕たちと同じく道に迷っているようですし協力して進みましょうよ……ね、海道さん？」

「……ちっ。勝手にしろ」

海道もリーダーの神代には一目置いているようで渋々ながらこれに従った。

「ということで、いかがでしょうか？　佐倉さん。また一緒にダンジョン攻略しませんか？」

「え……」

俺に向き直った神代の言葉に俺は押し黙ってしまう。

ほかの三人はともかく海道と一緒は気まずいなぁ。

それにこれ以上人が増えたらますます俺は全力が出せなくなってしまう。

よし。少々気はひけるが断ろう。

「神代、悪いけど——」

「もちろん一緒に行きますわっ！」

マリアが手を上げ割って入ってきた。

「おいこらっ、勝手に——」

「ありがとうございます。では一緒に参りましょうね」

「神代ちょっと——」

「はいですわっ！」

「では行きましょうか」

「行きますわっ！」

笑顔で淡々と推し進める神代と強引で押しの強いマリアによって、俺の意見はなし崩し的に葬り去られたのだった。

◇◇◇

神代、海道、長澤、水川と行動を共にすることになった俺とマリアは地下十九階の巨大迷路のような通路を壁に左手を添えながら歩いていた。

神代たちはどこぞのダンジョン内で手に入れたのであろう、立派な武器をそれぞれが身につけている。

神代は腰に長剣を、海道は背中に大剣を差し、長澤は短刀、水川は短剣を手にしていた。

「それにしても佐倉さんはやっぱりすごいですね。このダンジョンはレベル90台の僕たちでもなかなか大変でしたのに、マリアさんと二人でここまで来られるなんて」

と神代。

「わたくしも真琴様もレベル99ですからね、何も問題なんてありませんでしたわ」

「なっ、レベル99だとっ⁉」

海道がマリアの言葉に反応を見せる。

「そうですわ。それに真琴様は海道様と同じくランク10の火炎魔法を覚えていらっしゃるんですのよ」

「なんだとっ」

「おい、マリア。あんまりべらべら喋《しゃべ》るな」

海道の機嫌が悪くなるだろ。

「マリアちゃんはご両親のためにこのダンジョンに挑戦したんでしょ。偉いわね」

「ありがとうございます、長澤様。わたくし必ずやクリアしてみせますわ」

長澤に頭を撫《な》でられ気持ちよさそうに目を細めるマリア。

するとその時、

「あ、あの、マリアさんてもしかしてティーンモデルのマリアさんですか？」

人見知りの水川にしては珍しく自らマリアに話しかけた。

「そうですわよ」

マリアはさも当たり前のように返す。

「なに蓮華、マリアちゃんがティーンモデルって？」

「あ、紅ちゃんは知らない？　マリアさんて有名雑誌の専属モデルさんなんだよ。わたし妹が読んでるのたまに一緒に見たりするから」

「本当なのかマリア？」

「ええ。小さい頃からモデルの仕事はやってましてよ」

俺の問いにマリアはそう答えた。

「たしかマリアさんてＳＮＳのフォロワーも何十万人っているんですよね？」

「その通りですわよ。水川様はよく知っていらっしゃいますわね」

「は、はい。すごいなぁ～って思っていましたから」

マジかよ。

マリアってそんなにフォロワーがいたのか。

本当のレベル教えなくて正解だったな。

こいつ口が軽そうだから教えてたらヤバかったかもしれない。

……っていうか神代たちもファッション誌に載っているとか言ってたよな。

てことはここにいるみんな、俺以外全員有名人ってことじゃないか。

世間から注目されたくない俺だったが、知らず知らずのうちにあろうことか有名人集団の中に入ってしまっていたということか。

◇◇◇

「やっと抜け出せましたわっ」

「やったわね、マリアちゃん」

マリアと長澤が手と手を取って喜び合う。

俺たちは今しがたようやく巨大迷路から抜け出ることが出来たところだ。

しかも嬉《うれ》しいことに、

「おっ、階段があるぜっ」

海道の言う通り目の前には地下二十階への階段が見えていた。

俺たちは階段を前にして息を整える。

というのもこれまでの経験上ボスがいる階、つまり最深階は五の倍数の場合が多いからだ。

「もしかすると次の階が最深階かもしれません。ボスが待ち構えている可能性もありますから用心してかかりましょう」

神代がみんなの顔を順々に見ながら声をかけた。

「そうね。でもこれだけレベルの高いプレイヤーが揃《そろ》ってるんだからなんとかなるわよ」

と長澤が言うと、

「今のおれなら一人でも充分だぜっ」

自信家の海道が相変わらずの強気な発言をする。

「なあマリア、ダンジョンクリアの手柄はいいのか？」

俺は小声でマリアにささやいた。

マリアは一番にダンジョンをクリアしてそのことを両親に自慢したかったはずだが。

「問題ないですわ。閃光の紅蓮団の皆様と一緒でむしろ光栄なくらいですもの」

「そうか。ならいいんだ」

このまま行くと三千万円の分け前はだいぶ減りそうだが仕方がない。

マリア同様俺もこの状況を受け入れるとするか。

「では行きましょうか」

神代を先頭にして俺たちは地下二十階へと下りていった。

☆　☆　☆

!!


地下二十階に足を踏み入れた途端ぞわぞわっと鳥肌が立つのを感じた。

それは俺だけではなかったようでみんなの顔つきが険しくなる。

「間違いないな。ここが最深階だぜ」

海道が舌舐《したな》めずりしてつぶやいた。

「おい佐倉、今度は絶対に手ぇ出すんじゃねぇぞ。フロアボスはおれがやるんだからな」

「あ、ああ」

俺をにらみつける海道。

どうやらまたもボスにとどめを刺す権利は海道に決まっているらしい。

俺は今回こそは手出しするまいと心に誓った。

とその時だった。


『グオオオォォォーン！』

魔物の遠吠《とおぼ》えのようなうなり声がフロア中に響き渡った。

「あっちですね……みなさん準備はいいですか？」

「うん。いいわよ」

「おうよ。いつでもいいぜっ」

「は、はい」

「大丈夫ですわっ」

「ああ」

俺たちはお互い顔を見合わせてから声の発生源へと向かっていったのだった。

◇◇◇

『グオオオォォォーン！』

声の主はフロアボスの九尾《きゅうび》のキツネだった。

体長三メートルはあろうかという九尾は、うなり声を上げながら部屋に侵入した俺たちをにらみつけている。

体よりもさらに大きく長い尻尾を自在に動かしじりじりと近付いてくる九尾。

「お前たちはここで見ていろ。おれが一人でやるからなっ！」

そう言って海道は一人駆け出すと、背中に差した剣を抜き九尾に向かって斬りかかっていく。

「うおりゃぁぁー！」

海道は剣を振り下ろすが、一瞬早く九尾は後ろに回転しながら飛《と》び退《の》き海道の剣は空を切った。

「ちっ、まだまだぁっ！」

海道の攻撃は続く。

九尾を追いかけ剣での連撃。

それらすべてを紙一重で後ろにかわされているが、次第に海道は九尾を追い詰めていった。

そして、

『グオォーン⁉』


「もう逃げ場はないぜっ」

九尾は壁を背にして逃げ場を失った。

「これでとどめだっ！」

海道は剣を一旦引くと九尾に向かって素早く突き出した。

鋭い剣先がブスッと九尾の額をとらえ頭部を貫く。

「とった！」

それを見たその場にいた誰もが海道の勝利を確信した。

だが――

『グオオォォォーン！』

九尾は倒れることなく鋭い目を海道に向ける。

そして次の瞬間九尾の体は炎に包まれた。

☆　☆　☆

炎と一体化した九尾は、頭に刺さっていた剣をその熱でチョコレートのように溶かしてしまった。

「なっ……!?」

確実にとどめを刺したと思った相手が倒れずに、しかも剣を一瞬で焼き尽くしたことに海道が目を見開く。

「だ、だったらこれならどうだ！　スキル、火炎魔法ランク10っ！」

海道は至近距離で火炎魔法を唱えると大きな炎の玉を九尾めがけて放った。

ゴオオォォッと九尾に襲い掛かる炎の玉。

九尾はこれを避けることが出来ずに真正面からくらった。

すべてを燃やし尽くす大きな炎の玉が九尾を飲み込む。

「どうだアホギツネっ！　これで死んだだろ――」

『グオオオォォォォーン!!』


しかし九尾は生きていた。

それどころか炎の勢いがさっきよりもさらに増している。

「な、な、なっ……!?」

ショックでたじろぐ海道。


『グオオオォォォーン！』


九尾はひと鳴きすると隙だらけの海道に飛び掛かった。

それでもなんとかとっさに反応して九尾の首を両手で摑《つか》む海道だった。が、

「ぐあああぁぁー……!!」

あまりの熱さにもだえ苦しむ。

海道は前蹴りで九尾を蹴飛ばすとその場に倒れ込んだ。

「うあああぁぁぁー………!!」

「っ！　水川さん、早く回復をっ！」

手出しするなと言われていたものの神代が大声で叫ぶ。

無理もない。

倒れた海道を見ると両腕とも焼け落ちていたのだ。

それを受けて水川が飛び出した。

さらに神代と長澤も続く。

「真琴様、わたくしたちも助太刀いたしましょうっ！」

マリアが振り返り俺を見るが、

「いや、でも……」

海道に強く念押しされていた俺は、過去のトラウマもあってか飛び出すことに躊躇《ちゅうちょ》していた。

前回とまったく同じだ。

前回はこれで俺が割って入り海道を怒らせてしまった。

そしてみんなと別れるきっかけになってしまったのだった。

「真琴様っ！」

マリアの声が耳に入ってそのまま通り過ぎていく。

「っ……わたくしは行きますわっ！」

業を煮やしたマリアは俺を待たず神代たちに加勢するため駆け出していった。

俺は……俺は、どうすれば……。

◇◇◇

「きゃああぁぁーっ……！」

耳をつんざくマリアの悲痛な叫びに俺は現実に引き戻された。

「マリアっ！」

見ると海道だけではなくマリアも神代も長澤も地面に倒れている。

みんな腕や足を焼かれあまりの痛みに声を上げ転げ回っていた。

「ぐあああぁぁー……!!」

「ああああぁぁぁぁー……!!」

「ううぅぅぅー……!!」

「うあああぁぁぁー…………!!」

そして、

『グオオオォォォーン！』

九尾は水川に狙いを定めて飛び掛かった。

!!

水川は海道の回復に追われていて九尾の接近に反応できていない。

「……くそっ！」

俺は過去のトラウマを振り払うと駆け出した。

その足で水川と倒れていた海道を抱きかかえ、九尾の体当たりをすんでのところでかわす。

「佐倉さんっ……」

「水川、海道はあとだっ。先にマリアを治してやってくれっ」

「で、ですが……」

「マリアも回復魔法が使えるんだっ。だから頼むっ！」

水川の回復魔法のランクはわからないが、マリアはランク10の回復魔法と蘇生《そせい》魔法まで覚えている。

海道たちには悪いがここはマリアの回復を優先させるべきだろう。

「わ、わかりました。でも、あの魔物がまた襲ってくるかもっ……」

俺は九尾に向き直った。

「大丈夫、あいつは俺が倒すからっ」

☆　☆　☆

『グオオオォォォーン！』

九尾は水川への攻撃を邪魔されたことに腹を立てたのか、俺に敵意をむき出しにして吠《ほ》えた。

それでいい。

ターゲットが俺になってくれたことで水川はその間にマリアのもとへと急ぐ。

「スキル、回復魔法ランク7っ」

水川がマリアに回復魔法を施す様子を視界の端にとらえつつ俺は九尾と相対した。

『グオオオォォォーン！』

「こいつに触れたら俺まで手を失うかもな。だったら……」

俺は九尾に向けて手を開くと、

「スキル、氷結魔法ランク10っ」

と発する。

その刹那、空気中の水分が凍りつき九尾の体ごと一瞬で氷漬けにした。

「よし」

あとは殴って砕くだけ。

そう思った矢先——

ジュウゥゥゥ～。

氷が九尾のまとった炎の高熱によってものすごい早さで融解していく。

「えっ……マジか」

あっという間に氷は融《と》けきり、九尾は何事もなかったかのように俺を見据えながら首を回した。

「どうしよ……」

直接触れれば腕は焼け落ちてしまうし火炎魔法は相手を強力にしてしまうだけ。

氷結魔法も効かない。となるとあとは……。

「佐倉さんっ、電撃魔法ですっ！」

水川が声を大にして叫んだ。

「水川っ」

振り向くと、

「その魔物は電気が弱点ですっ！」

水川が俺を見て声を張り上げる。

なぜ九尾の弱点を水川が知っているのかはさておいて、他に手がないことは俺もわかっていた。

次の瞬間俺は九尾に向かって「スキル、電撃魔法ランク10っ！」と声に出した。

直後、

バリバリバリバリィィィイッ！！！

手から放電された雷のようなすさまじい電撃が、目にもとまらぬ速さで九尾の体を貫いた。

一時、間があってから九尾がどさっと地面に倒れ込む。

そして、

《佐倉真琴のレベルが４１７上がりました》

機械音声が俺のレベルアップとともに九尾の死を知らせてくれたのだった。

◇◇◇

水川によって回復したマリアは水川とともにほかのメンバーの回復に当たった。

そのおかげで神代も長澤もそして海道も、九尾にやられた傷が元通りに治りそれぞれ立ち上がる。

「ありがとうございました、マリアさん。助かりました」

「蓮華ありがとうっ」

「……」

神代と長澤がマリアたちに礼を言う中、海道だけが強く歯をかみしめ体を震わせていた。

まずい。また怒らせてしまったか……？

海道の奴《やつ》、前回と同じくやはり俺がボスを横取りしたと感じて怒りに打ち震えているのだろうか。

そう思った矢先、海道が俺の方に向かって歩き出した。

「海道さんっ」

「海道っ」

「か、海道さんっ……」

「？」

神代たちが七ヵ月前のことを思い出して海道を制止しようと声をかける。

その中でただ一人マリアはまったく状況が飲み込めていないのだろう、目をぱちくりさせていた。

「おい、佐倉」

海道は俺の目の前に立つと俺を見下ろす。

近くで見ると相変わらずでかくていい体をしている。

「なんだよ」

とちょっとだけ声が裏返る俺。

今のレベル差ならば殴られても蚊ほどの痛みも感じないのだろうが、それでもやはり殴られたことがトラウマになっているのだろう。少し怖い。

「佐倉……」

言うと海道は次の瞬間目を疑う行動に出た。

「……悪かったっ！　この通りだっ！」

「…………へ？」

海道は俺の予想に反し土下座をしてみせたのだった。

それはもう頭が地面に埋まらんばかりの勢いでだ。

「な、なんだよ、一体」

「七ヵ月前も、ついさっきもおれはお前に助けられた。なのにおれはそんなお前を力任せに殴ってしまった」

海道は頭を下げながら続ける。

「今さら許してくれなんて言わない。許されないことをしたってこともわかってる。でも、それでもおれはお前に謝らないと気が済まないんだっ！」

「わ、わかったからもう頭を上げてくれよ」

土下座なんてされたら俺の方が悪者みたいじゃないか。

「お前が望むなら気が済むまで殴ってくれて構わない」

そう言うと海道は立ち上がり手を後ろで組み目を閉じた。

「いやいや……そんなのいいってば」

そもそも俺が殴ったら一発であの世行きだぞ。

「虫がいいってことはよくわかってるがそれでも――」

「いいよ海道。許すよ」

「え…………い、い、いいのか？」

目を開き俺の目を見る海道。

「ああ。そもそも別に怒ってもいなかったしな」

「ほ、本当か……？　本当に許してくれるのか？」

「しつこいな。そう言ってるだろ」

「そ、そうか……そうか。そうか」

海道は俺の言葉をかみしめるように何度もうなずくのだった。

◇◇◇

「じゃあおれはお前の連れに礼を言ってくるぜっ」

「ああ」

海道がマリアの方に駆けていく。

と同時に神代、長澤、水川の三人が入れ替わるように俺のもとへとやってきた。

「海道さん、佐倉さんを殴ったことずっと気にしていたのかもしれないですね」

「素直じゃない奴。謝るなら七ヵ月前に謝れっていうのよ、まったく」

「で、でも、仲直りされたようでよかったです」

「ああ。ありがとう水川」

顔を向けると水川は恥ずかしそうにうつむいてしまう。

人のことは言えないが相変わらずの人見知りだ。

「それにしても水川はなんで九尾の弱点が電気だって知ってたんだ？」

「え、えっと、識別魔法を使ったんです」

水川は俺の顔をちらちら見ながら返す。

「識別魔法はアイテムや魔物の詳しい情報を知ることが出来るんです」

「へー、そんな便利な魔法もあるのか」

初めて知った。

「でしょでしょ。蓮華すごいでしょ」

と長澤が水川の肩を抱きよせながら自分のことのように自慢する。

「っていうかお前たちみんなレベル90台なんだってな。みんなすごいな」

「それを言うなら佐倉の方がすごいじゃない。レベル99なんでしょ。すごい魔法も使えるようになってるみたいだしね」

言うと長澤は値踏みするがごとく俺の顔を注視した。

「ねえ佐倉ってさあ、今彼女とかいるわけ？」

「なんだよ突然」

「だってよく見たら佐倉って割とイケてるじゃん。背は低いけど」

ほっとけ。マリアにもそんなことを言われた気がするぞ。

「彼女なんていないよ」

こいつらは知らないだろうが、俺は基本ダンジョンの中で一人で生活しているんだからな。

「へ〜。だってさ蓮華っ」

「べ、紅ちゃんてばまたっ……」

「真琴様〜っ、こんなもの拾いましたわよ〜っ！」

長澤と水川の仲睦《むつ》まじいやり取りを見ているとマリアが駆け寄ってきた。

手には何かネックレスのようなものを持っている。

「マリア、それどうした？」

「さっきのキツネが落としていきましたのっ」

「それはボスのドロップアイテムですね」

と神代が顔を覗《のぞ》かせた。

「どうぞ真琴様」

「ああ、サンキュー」

受け取って詳しく見てみるがやはり銀のネックレスのようだ。

アイテムの名前を確かめようと「ステータスオープン」と言いかけた時、

「あっ、待ってください。わ、わたしが見てみますっ」

水川が俺の手を取った。

「スキル、識別魔法ランク10っ」

そう言うとまるで手相を見るかのように俺の手の中のネックレスを凝視し出す。

「……これは〈退魔のネックレス〉です。身に着けていると魔物が寄ってこなくなる効果があるみたいですね」

と水川が説明してくれた。

「魔物が寄ってこなくなるのか……」

俺は魔物を倒せばまだまだレベルが際限なく上がっていくから、魔物が寄ってこなくなるっていうのはちょっといただけないな。

まあ、就寝時には少しは役に立つかもしれないが。

「九尾を倒したのは佐倉さんですから、この退魔のネックレスも当然佐倉さんのものですよ」

と神代が言う。

「え、でもなぁ……」

「そうだぜ。遠慮なんかすんなよっ」

「それに三千万円も悔しいがお前のもんだぜ、佐倉」

海道も近寄ってきた。

「そうですね」

「いやそれはいくらなんでも悪いって。三千万円はみんなで山分けにしよう」

これだけの人数がいて三千万円独り占めはさすがに気が引ける。

俺だってそこまで強欲ではない。

ちなみに三千万円が支払われるのはダンジョン攻略者が国に最深階を報告して、国に委託された民間の戦闘に特化した傭兵《ようへい》機関がその最深階にボスがいないことを確認してからになるので、ある程度時間を要するのだが。

「それは駄目よ。九尾を倒したのは佐倉、あんたなんだから」

「いいんだよ。ただ、その代わりといってはなんだけど、このダンジョンのボスを倒したのは閃光の紅蓮団とマリアの五人ってことにしておいてほしいんだ」

「そ、それってどういうことですか？」

と水川も身を乗り出して訊いてくる。

「俺はあんまり目立ちたくないんだよ。出来る限り静かに暮らしたいんだ、だから頼む」

「……」

「……」

「……」

みんなが顔を見合わせ押し黙ってしまった。

やはり倒してもいないボスを倒したと公言するのははばかられるのだろうか。

すると、

「わかりました。佐倉さんの言う通りにしましょう」

神代が応じてくれる。

「いいのか神代」

「もちろんです。あなたは僕たちの命の恩人ですからね」

神代は俺をみつめ七ヵ月前とまったく変わらない涼しげな笑みを浮かべてみせた。

◇◇◇

「ではそろそろ戻りましょうか」

神代の号令で俺たちは地上に引き返すことにしたのだが、真っ先に部屋を出ていこうとする海道に俺は待ったをかける。

「なんだよ佐倉。早く帰ろうぜっ」

「実はマリアとダンジョン探索していた時にこれをみつけていたんだ」

俺は不思議なバッグの中から赤色の石を取り出してみせた。

「あっ、それ帰還石じゃないっ」

「ああ、そうだ」

それは長澤の言う通り帰還石だった。

帰還石とは割ると半径一メートル以内の者を地上へと帰還させるアイテムだ。

「佐倉いいもの持ってるじゃん」

「だろ。地下二十階から歩いて帰るより断然楽だぞ」

「でもそれを使ってもよろしいのですか？　みつけたのは佐倉さんとマリアさんですよ。それに帰還石は結構レアなアイテムですが」

と神代。

「いいよなマリア？」

「もちろんですわっ。わたくし閃光の紅蓮団の皆様と一緒に帰還したいですわっ」

「ほら、マリアもこう言っていることだしこいつを使ってみんなで帰ろう。な？」

「ふっ、あなたという人は……ではお言葉に甘えるとしましょう」

リーダーの神代が首を縦に振ったことでほかのメンバーもこれに同意した。

「じゃあみんな、俺の一メートル以内に集まってくれ」

みんなを周りに呼び寄せると、

「これで赤い影のダンジョンともお別れだ。それっ」

俺は帰還石を地面に叩《たた》きつけ割った。

直後、赤く半透明な球体が現れ俺たちを包み込むと次の瞬間、目の前が真っ白になり気付けば地上へと戻っていたのだった。

☆　☆　☆

地上には未《ま》だダンジョンの入り口前で大勢のプレイヤーたちがひしめき合っていたが、閃光の紅蓮団が帰還石で戻った姿を見るなり、

「「「おおーっ！」」」

と歓声が上がった。

大勢が周りを取り囲みプレイヤーたちからは矢継ぎ早に質問が投げかけられる。

「神代さん、ダンジョン攻略したんですかっ？」

「海道さん、ボスは強かったですかっ？」

「紅子《べにこ》さん、レアアイテムみつけましたかっ？」

「蓮華ちゃん、今日も可愛《かわい》い～っ」

「はい。赤い影のダンジョンは僕たち閃光の紅蓮団とこちらのマリアさんとで攻略してきました」

神代が代表して答えた。

「マリアさん？　ってそこの金髪の美少女のことですかっ？」

「っていうかマリアちゃんってあのマリアちゃんじゃん！」

「本当だっ。モデルのマリアだっ！」

「マリアちゃんこっち向いて～っ」

気付けば神代たちもマリアも、大勢のプレイヤーからスマホを向けられ写真や動画を撮られている。

俺だけが蚊帳の外。

とその時一人の男性が俺を見て声を上げた。

「なあ、マリアちゃんの隣の奴は誰だ？」

その声を皮切りに、

「誰だあいつっ？」

「さあ？　お前知ってるか？」

「いや。誰だろうな」

「なんで閃光の紅蓮団と一緒にいるんだ？」

とプレイヤーたちは口々にささやき合う。

さてとそろそろ俺は退散した方がいいかな。

「神代、俺もう行くよ。お金はあとでここに振り込んでおいてくれ」

「あ、はい。わかりました。ありがとうございました」

口座番号を書いた紙を渡すと神代が俺に一礼した。

するとそれを見ていたプレイヤーたちの態度が豹変《ひょうへん》。

「あっ、あいつ今神代様を呼び捨てにしたわよっ！」

「神代様に謝りなさいよっ！」

「あいつ金貰《もら》う気だぜっ！」

「何もしてないのに図々《ずうずう》しいぞっ！」

「恥ずかしくねぇのかっお前っ！」

「卑怯《ひきょう》者っ！」

「金返せっ！」

俺に向かって罵声が飛んできた。

ふぅ～……これだから実社会は面倒なんだ。

やっぱりダンジョンに潜っていた方がずっと気が楽だ。

金返せはさすがに違うだろと思いながら、俺は飛び交う罵声の中その場を立ち去ろうとした。

とその時だった。

「黙れぇっ！！！」

海道が声を荒らげたのだ。

「よく聞けお前らっ！　こいつはおれたちの仲間だ、おれの命の恩人だっ！　いいか、次一言でもこいつの悪口言ってみろ、おれがそいつをぶん殴って地球の果てまで吹っ飛ばしてやるからなっ！　覚えとけっ!!」

海道の怒号を浴びて、大勢のプレイヤーたちは顔を見合わせ静まり返ってしまう。

「海道、お前……」

「ふんっ。別に佐倉のために言ったわけじゃねぇぞ。おれはああいうのが大っ嫌いなだけだからなっ」

「そっか……じゃあまたな、海道」

俺が帰ろうとすると海道の啖呵《たんか》がよほど効いたのだろう、周りに出来ていた人の波が自然と割れていった。

そのまっすぐに開いた道を俺は海道に感謝しつつも悠然と立ち去るのだった。

◇◇◇

「ステータスオープン」

俺はステータス画面を開いた。

****

名前：佐倉真琴

レベル：２０３７５

ＨＰ：１３８９０２／１４０００２５　ＭＰ：１１０１３８／１１２１９８

ちから：１２１８６６

みのまもり：１０２８３４

すばやさ：１０１２７２

スキル：経験値1000倍
：レベルフリー
：魔法耐性（強）
：火炎魔法ランク10
：氷結魔法ランク10
：電撃魔法ランク10
：飛翔《ひしょう》魔法ランク2

****

俺はレベルが20000を超えたことで新たなスキル【魔法耐性（強）】を習得していた。

「魔法耐性ってことは魔法攻撃に強くなるってことかな……？　だとしたらこれまたすごいスキルを覚えたな。飛翔魔法もランク2に上がっているし――」

「真琴様、待ってくださいませ～っ！」

一人歩きながらステータスボードを確認していると、後ろからマリアが黒服たちを引き連れて追いかけてきた。

「マリアじゃないか。何してるんだこんなところで」

「……はぁっ。もちろん真琴様を追ってきましたのよっ……」

マリアは胸を押さえて息を整えている。

俺はそんなマリアの姿を見てあることを思い出した。

「あっそうだマリア、ちょっと後ろ向いてくれ」

「……はい？　なんですの？」

「いいからいいから」

マリアは頭の上にハテナマークを浮かべながらも俺の指示通りに後ろを向く。

俺はそんなマリアの後ろに立つとそっと首に手を回した。

「……え！　……これは？」

「プレゼントだ。マリアにやるよ」

そう言ってマリアの首にかけたのは、九尾のドロップアイテムである退魔のネックレスだった。

「こんな素敵なものをわたくしにくださるんですの？」

「ああ。俺が持っていても多分使わないからな」

退魔のネックレスはその名の通り魔物を払いよけ近寄らせないネックレスだ。

俺には必要ない。それならマリアにあげてもいいだろう。

「ありがとうございます、真琴様っ。嬉しいですわ、わたくしとってもとっても幸せですわっ」

ネックレスを握り締めながらくるくるとその場で回るマリア。

そこまで喜んでくれると俺まで嬉しくなる。

と、

「マリア様、ジェット機の準備が整いました。いつでも離陸可能でございます」

後ろで様子を見守っていた黒服の女性がマリアに声をかけた。

たしか名前は……マヤさんだったっけ。

「ありがとうマヤ。では真琴様、早速まいりましょうか」

マリアはマヤさんから俺に向き直るとよくわからないことを口にする。

「まいる？　どこへ？」

「決まっていますわ。わたくしのお父様とお母様に報告をしに行くんでしてよっ」

マリアは赤い影のダンジョンをクリアしたら、その報告をご両親にしに行くとダンジョン内で語っていた。

だがそれをなんで俺が一緒に行くみたいな言い方をしているんだ？

「真琴様ならお父様もお母様もきっと喜んで――」

ピリリリリ……、ピリリリリ……、ピリリリリ……。

その時俺のスマホの着信音がけたたましく鳴り響いた。

「あ、悪いマリア。ちょっと待ってくれ」

スマホの画面には家出して以降一度も話していない義理の母の名前が表示されている。

行儀が悪いかとも思ったが、虫の知らせというか何か嫌な予感がして俺はマリアとの会話を中断し電話に出た。

「……もしもし」

『もしもし、真琴くんっ。よかった、やっとつながったわっ』

「……何、どうかしたの?」

『あ、あのね……落ち着いて、よく聞いてね…………うぅっ』

受話器の向こうで義母《かあ》さんのすすり泣く声が聞こえてくる。

「義母さん?」

『和真《かずま》さんがね……』

和真というのは俺の父親のことだ。

『和真さんが……会社で倒れたのっ』

◇◇◇

「父さんが倒れた⁉」

　義母さんの言葉に思わず声が裏返る。

「どういうこと？」

『さっき連絡があって和真さんが会社で突然倒れたらしいの……すぐに救急車で病院に搬送されて今は緊急手術中よ。私はタクシーに乗って今病院に着いたところなのっ』

　受話器の向こうで義母さんが懸命に話す。

「父さんが……」

『真琴くん、今どこにいるの？　お願いだから帰ってきてちょうだい。ねっ？』

「……ごめん。今友達といるから、もう切るよ……」

『え、ちょっと。真琴くんっ⁉　真琴く――』

　プツッ。

　俺は一方的に電話を切った。

「真琴様、何があったんですの？　お父様がどうかされましたのっ？」

　とマリアが心配そうな顔で俺を見上げる。

「父さんが倒れたらしい。今緊急手術中だってさ」

「えぇー！　そ、それは一大事ですわっ！　そういうことでしたら今すぐわたくし専用のジェット機で真琴様を病院にお連れいたしますわっ！」

「いや……いいよ別に」

「なんでですのっ⁉　お父様が大変なんですのよっ！」

マリアは自分の父親のことのように必死に声を上げた。

「俺、父さんとは喧《けん》嘩《か》別《わか》れしてるから」

八ヵ月前に大喧嘩をしてから父さんとはお互いに一度も連絡を取り合ってはいない。

「それに義母さんがついているはずだし、俺が行ったところでどうなるものでもないし……」

俺がいない方が二人にとっても気を遣わずに済むだろう。

「だからってそんなのおかしいですわっ、間違っていますわっ」

「いいんだよこれで」

「よくありませんわっ。もしわたくしのお父様が倒れたらわたくし何をおいても真っ先に駆けつけますわよっ。それが家族ってものではなくってっ」

真正面からの正論に俺はたまらずマリアを冷たく突き放す。

「うちの家族の話だ、マリアには関係ないだろっ！」

言ったあとにすぐ後悔したが時すでに遅く、

「んんーっ！」

マリアは顔をぶんぶんと横に振って、

「わたくしそんな真琴様は大大大っ嫌いですわっ‼」

涙ながらに大声で叫ぶと、きびすを返し走り去っていってしまった。

黒服たちも慌ててそのあとを追っていく。

だがマヤさんだけはマリアについていてはいかなかった。

直立不動のまま無表情な顔で俺をじっとみつめている。

「……なんですか？」

「差し出がましいようですが、マリア様は養女なのです」

「はい……？」

マヤさんは唐突にそんなことを言い出した。

「マリアという名前ものちに付けられたものなのです」

「あの、一体何を……」

「マリア様は五歳までスラム街で孤児として暮らしていました。そんなマリア様を七年前当主様ご夫妻がお引き取りになられたのです。ですからマリア様はファインゴールド家の名に恥じぬよう精一杯頑張っていらっしゃるのです……当主様ご夫妻に喜んでもらおうと必死で」

「……」

……あのマリアにそんな過去があったのか……。

笑顔のマリアを思い返しながら思う。

「無礼を承知で申し上げますが家族を大切になさらないあなた様はファッキンくそ野郎です」

表情を変えず淡々とした口調で言うマヤさん。

だがその眼差《まなざ》しだけは鋭く強いものだった。

「ではわたしもマリア様のあとを追いますのでこれで失礼いたします」

そう言うと深々と一礼したマヤさんは長い髪をなびかせくるりと反転した。

「……ま、待ってくださいっ」

「なんでしょうか」

俺はマヤさんを引き留めた。

マヤさんが立ち止まりこちらを振り向く。

「……なんでそんな話を俺にしたんですか？」

俺の問いに一瞬宙に目線を飛ばしてからマヤさんが口を開いた。

「あなた様にネックレスを貰った時のマリア様のとても嬉しそうなお顔、わたしは初めて見ました。そしてあなた様に怒鳴った時の悲しげなお顔も初めて見ました」

「……」

「わたしはマリア様にはいつも笑っていてほしい、ただそれだけです」

「……」

「申し訳ありません。これでは理由になっていませんね」

「……いえ」

マヤさんの言葉は俺の幼稚な考えをあらためさせるには充分だった。

「マヤさん」

「はい」

俺はマヤさんの目をしっかりと見据える。

「マリアに謝っておいてもらえますか。俺はこれから父さんのいる病院に向かいます」

「ご自分で謝られてはどうですか。そしてそのまま自家用ジェットで病院に向かわれては」

「今はマリアに合わす顔がありませんから。それにあんなこと言っておいてさすがに俺もそこまで図々しくはないですよ……今度マリアに会った時はきちんとおわびと感謝の気持ちを伝えるつもりです」

「……そうですか。かしこまりました」

かすかな笑みを浮かべてみせたマヤさんに別れを告げると、俺はその足で青森へと引き返すのだった。

◇◇◇

沖縄から青森に帰ってきた俺は、真っ先に義母さんから知らされていた病院へと向かった。

エレベーターで三階に上がると３０１号室へと歩を進める。

部屋の前で深呼吸してから俺はそっと扉を開いた。

そこには父さんと義母さんがいた。

父さんはともかく義母さんも看病疲れだろう、父さんのベッドに顔をうずめ眠ってしまっていた。

起こすのも気が引けたので、俺は音を立てないように静かに椅子を移動させるとそこに腰を下ろした。

☆　☆　☆

それから二時間後の早朝――

父さんが先に目を覚まし続いて義母さんも目を覚ました。

「……真琴っ⁉」

「真琴くんっ……！」

「おはよう、父さん。義母さん」

家族の再会シーンなどとりたてて話す価値もないし照れくさいだけだから割愛するが、とにかく俺たち三人はそこで八ヵ月ぶりに会話を交わしたのだった。

☆　☆　☆

義母さんが言うには、父さんの心臓の大動脈というところに瘤《こぶ》ができてしまったとかで、それを取り除く手術をしたということらしい。

手術は無事成功、病気は回復魔法では治すことは出来ないが手術痕は治すことが出来るため割と早く退院できるのだそうだ。

「手術代、大丈夫？　俺五百万円くらいならなんとかなると思うけど」

赤い影のダンジョンのクリア報酬がそのうち振り込まれるはずだ。

結局マリアも含めた六人でわけて一人頭五百万円という約束になっている。

「子どものくせにそんなこと気にするな。それよりダンジョン探索ってのはそんなに儲《もう》かるのか？」

ベッドに横になりつつ父さんが興味深げに訊いてくる。

「それならおれも仕事辞めてプレイヤーになるかな、なんてな。はっはっは」

「もう和真さんったら、現金なんだから」

久しぶりの父さんと義母さんの笑顔。

仲がいいのは微笑《ほほえ》ましいが俺の前でイチャイチャするのはやめてほしい。

と、

「真琴、ちょっといいか」

父さんが急に真剣な顔つきになって俺を見た。

「何？」

「うちに戻ってこい」

「……」

「あの時はおれが悪かった。もう無理に高校に行けとは言わない。今のままプレイヤーを続けてもいい。だから戻ってこい」

「父さん……」

するとと義母さんも優しい顔で俺の手を握る。

「そうよ、私もそうしてほしいわ。これからは普通の親子のようにお互いにあまり干渉はしないで変に気を遣ったりもしないようにしましょ。ねっ？」

「義母さん……」

俺は絞り出すように言葉を紡いでいく。

「……プレイヤーって何日もダンジョンに潜ることもあるけど」

「疲れたら帰ってきて休めばいい」

「……生活が不規則だけど」

「あなたが帰ってきた時は私が栄養のあるものを作ってあげるわ。あんまり野菜とか食べてないんでしょ」

「……うん……じゃあ……そうしようかな」

自然と涙が頬を伝っていく。

「おかえり真琴」

「おかえりなさい真琴くん」

「……ただいま」

——こうして俺は八ヵ月という短いようで長かった家出期間を終えたのだった。

第七章　来訪者

ピンポーン。ピンポーン。ピンポーン。ピンポーン……。

土曜日の朝からチャイムの音が鳴り続けている。

俺はその音でベッドからむくりと起き上がった。

「義母《かあ》さーん！　誰か来たみたいだよー！　……っていないんだっけか」

義母さんは父さんと無事病気が治ったことを祝して旅行に出かけているのだった。

ピンポーン。ピンポーン。ピンポーン。ピンポーン……。

「はいはい、今出ますよー！」

俺は寝癖を手ぐしで整えつつ玄関へと向かっていく。

それにしても誰だまったく、ピンポンピンポンあほみたいに鳴らしまくって……。

「はい、どちら様――」

俺は玄関ドアを勢いよく開けた。

すると、

「真琴《まこと》様、お久しぶりですわ～っ！」

満面の笑みを浮かべたドレス姿の美少女が玄関の前に立っていた。

そして俺を見るなり飛びついてくる。

「マリアっ⁉　何してんだこんなところでっ⁉」

マリアとはロシア系ユダヤ人の血を引く大金持ちの家の十二歳の女の子である。

つい三週間ほど前に知り合い、その時からどうやら俺になついているようなのだが。

一時は喧嘩《けんか》別《わか》れのような状態になってしまっていたが、その後電話で俺が謝罪し仲直りを済ませている。

「ふふふ～ん、遊びに来てしまいましたわ」

「遊びにって、なんでお前俺ん家《ち》知ってるんだよっ。教えてないはずだぞ」

「真琴様、今の時代お金さえあれば大抵のことは出来るんですのよ」

なにげに怖いことを言うなこいつ。

「とりあえずひっつくな」

俺はマリアを引きはがすとマリアの後ろに目をやった。

「なんだ、今日はマヤさんたちはいないんだな」

いつもはマリアの後ろにずらっと並んでいる黒服たちの姿が見えない。

「はい、今日はマヤたちはお留守番ですの。でもその代わりにわたくしの付き添いの方を二人お連れしてきましたわ」

「付き添い？　二人？」

するとドアの陰から、

「佐倉《さくら》久しぶりーっ」

長い髪をポニーテールにした活発そうな女子が顔を出した。

「長澤《ながさわ》っ⁉」

「おはよ佐倉。それにしても佐倉ん家《ち》ってド田舎だったのね。あたしたちここまで来るのにだいぶ時間かかったんだからね」

「いきなり来ておいて勝手なこと言うな」

長澤は有名なプレイヤーのチームである閃光《せんこう》の紅蓮団《ぐれんだん》のメンバーの一人だ。

俺にはとあるいきさつで閃光の紅蓮団と行動を共にした過去がある。

「ん？　じゃあもう一人の付き添いっていうのはもしかして……」

「す、すみません。連絡もせずに突然押しかけてしまって……」

長澤の後ろからおずおずと顔を覗《のぞ》かせたのは眼鏡をかけた小柄な女子だった。

「やっぱり水川《みずかわ》か」

水川も長澤と同じく閃光の紅蓮団のメンバーの一人だ。

長澤と仲がいいからもしやとは思ったが。

「何よその顔、美少女が三人も訪ねてきたのに嬉《うれ》しくないわけっ？」

「今が朝の七時じゃなけりゃ嬉しかったかもな」

そう。現在の時刻はまだ午前七時。いつもの俺なら間違いなく熟睡中なのである。

「す、すみません佐倉さんっ。ほら、やっぱり朝の七時は非常識だって言ったでしょ紅《べに》ちゃんっ」

「そうかなぁ、あたしはいつも五時には起きてるわよ」

「それは紅ちゃんが剣道の早朝練習してるからでしょっ」

「わたくしも最近は閃光の紅蓮団の皆様を見習って剣道の練習を始めたんですわよっ」

「おい三人とも静かにしてくれ。まだ七時だぞ」

たしかにうちはド田舎だが、ド田舎にはド田舎なりのルールがある。

近所迷惑になることは避けたい。

「マジで何しにきたんだお前たち？　本当にただ遊びに来ただけじゃないよな？」

俺は今にも閉じそうな目を必死で開きながら三人に小声で問いかけた。

すると、

「遊びに来ただけですわよ」

マリアは何を言っているんだと言わんばかりに口にする。

そして長澤は、

「ねえ佐倉、立ち話もなんだしそろそろ中入ってもいい？」

「え……」

「入れてくれないともっとここで騒ぐわよ」

俺を見てにやりと笑った。

……悪夢だ。

◇◇◇

「おいマリア、靴は脱げよな」

「そんなことわかっていますわよ。ではお邪魔いたしますわ」

「お邪魔しまーす」

「し、失礼します」

マリアと長澤と水川は、靴を脱ぐと俺の用意したスリッパに履き替え家に上がってきた。

「早速真琴様のお父様とお母様にご挨拶させてくださいませ」

マリアが言うが、

「二人は旅行中だからいないぞ」

俺はそう返事をする。

「そうなのですか。残念ですわ」

「俺の部屋は階段上がって右だから。先に行っててくれ」

俺は一応の礼儀として飲み物でも出してやることにした。

それにしても両親が旅行中でよかった。

朝七時に女子が三人も家に押しかけてきたら父さんたちがどう思うか。

考えただけで胃が痛い。

三人の背中を見送ると俺はキッチンへと向かう。

そこで温かい紅茶を淹《い》れると自室に持っていった。

「お待たせ……って何やってんだ長澤っ」

「え、宝探しだけど」

とこもった声がベッドの下から返ってくる。

長澤はあろうことか俺のベッドの下に潜り込んでいた。

「こら、出てこい」

「きゃっ、ちょっと足触んないでよっ。くすぐったいでしょっ」

「知るか」

俺はベッドの下から長澤をむりやり引っ張り出す。

十六歳男子のベッドの下をあさるような奴《やつ》に容赦なんて必要ない。

「まったくもう、髪が乱れちゃったじゃない」

長澤はスマホを鏡代わりにして髪型を整えながら言った。

「長澤様、それでお宝はみつかりましたの？」

「ううん、何も。期待させてごめんねマリアちゃん。佐倉はお宝持ってないみたい」

「そうですか。真琴様のお宝是非拝見したかったですのに」

心底残念そうに言うマリア。

お宝の意味も多分わかってはいまい。

「す、すみません佐倉さん。わたしはやめるように言ったんですけど紅ちゃんが聞かなくて……」

「あっ、なあ～に一人だけいい子ぶって。蓮華《れんげ》だって楽しそうにしてたじゃない」

「わ、わたしはそんなことっ……」

「もういいから、紅茶でも飲んでくれ」

俺は三人にそれぞれ紅茶の入ったティーカップを差し出した。

これで少しはおとなしくなってくれるといいが。

☆　☆　☆

すっかり眠気が覚めてしまった俺は紅茶を飲む三人をなんとはなしに眺めていた。

長澤はスカジャンとスキニージーンズというスポーティーな恰好《かっこう》で、あぐらをかきながら紅茶をぐびぐび飲んでいる。

隣にちょこんと座るマリアは黒いドレスに身を包み、猫舌なのだろうか必要以上に紅茶に息を吹きかけている。俺が以前プレゼントした退魔のネックレスも身につけていた。シックなワンピース風のドレスに赤い宝石のついたネックレスがよく映えている。

水川はというと暖かそうなニットのセーターにロングスカートというどこぞの司書さんのような装いで、ティーカップに口をつけながら目線だけはきょろきょろと動かし、興味深げに俺の部屋を

観察していた。

するといち早く紅茶を飲み終えた長澤が、

「ごちそうさまっ。じゃあそろそろ行きましょうか」

すくっと立ち上がる。

「行くってどこへ？」

まあ、この際俺の部屋から出ていってくれるならどこでもいいかと思いつつ俺は訊《たず》ねた。

すると長澤は俺に向かってウインクをするとこう言ってのけた。

「デートよっ」

◇◇◇

「デート？」

長澤の放った言葉を馬鹿みたいにオウム返しする俺。

「そっデートっ」

「デートって誰が？」

「もちろんあたしたちと佐倉がするに決まってるでしょ」

「？？？」

俺の理解力が乏しいのが悪いのか長澤の言っていることがまるでわからない。

だが長澤は困惑する俺を無視して話を続ける。

「昨日学校で昼休みに蓮華と話してる時ふと思ったのよね。あたしたち青春を謳歌《おうか》してないんじゃないかって。だってそうでしょ。高校生なのにバイトもしてない恋愛もしてない、毎日勉強と部活ばっかりでたまの休みはダンジョン探索。こんなの青春って言えるっ？」

「はあ……」

「訊《き》いたらマリアちゃんもデートしたことがないっていうから、それなら今日は佐倉んとこ行ってデートでもしてみようってことになったわけよ」

「……いやいや、なんでそこで俺が出てくるんだよ」

長澤も水川もマリアも、ファッション誌を飾るような有名人なんだし見た目はいいんだから、デートの相手くらいいくらでもみつけられるだろうに。

なんでよりによって俺なんだ。

「だってマリアちゃんがデートするなら相手は絶対に佐倉がいいっていうんだもの。それに蓮華もね」

「当然ですわっ」

「べ、紅ちゃんっ……」

長澤の言葉を受けマリアは堂々と胸を張り水川はあたふたしている。

「佐倉も彼女いないって言ってたしちょうどいいじゃん」

「何がちょうどいいんだ」

「あたしと蓮華は明日は神代《かみしろ》たちとダンジョンに行くから自由なのは今日だけなのよね」

「無視すんな」

「マリアちゃんも明日は家の用事があるみたいだし。ねっ」

「そうなんですのっ」

話を振られたマリアが口を開いた。

「だからお願いいたしますわ、真琴様。わたくしたちとデートをしてくださいませっ」

捨てられた子犬のようなうるんだ瞳で俺を見上げるマリア。

「一生のお願いですわっ」

俺はたまらず水川に視線を移す。

すると、

「あ、あの、わたしはその、佐倉さんが嫌なら別に……」

とこっちはこっちで連れられてきた子猫のように、ちらちらと俺の顔色をうかがっている。

俺の態度次第で今にもこの場から逃げ出しそうな雰囲気だ。

「はぁ……」

俺はため息を一つ吐くと長澤に向き直った。

「確認だけど今日だけなんだよな」

「そう言ってるじゃない」

「今日お前たちのデートに付き合ったら二度といきなりうちに来るなよ」

「わかってるって」

本当か……？

長澤の軽い返事に若干の不安を覚えつつ我ながら甘いなと感じながらも、

「……わかった。付き合うよ」

俺はこれを承諾したのだった。

「よかったわ。もし断られたらＳＮＳにあることないこと書いてやろうと思ってたから……な～んてねっ冗談よ冗談」

しれっとした顔で長澤が俺に放った最後の一言はとても冗談とは思えなかった。

◇◇◇

「で、この状況はなんなんだ？」

俺はマリアと借り切った運転手付きのリムジンの後部座席で、二人仲良く並んで座っていた。

目の前には、飲み口が二股にわかれたストローがささったジュースが一つだけ置かれている。

『何ってそれがマリアちゃんの望みのデートプランよ』

俺の右耳に装着されたイヤモニから長澤の声が聞こえてきた。

そう。俺は今まさにマリアとドライブデート中なのである。

「だからってなんでイヤモニなんかする必要があるんだよ」

リムジンに乗る直前、俺だけが長澤に呼び止められイヤモニを耳にむりやりつけられたのだった。

『だって佐倉あんたデートしたことないんでしょ。だからあたしたちがこっちから指示を出してあげるってわけよ』

長澤と水川はリムジンの後ろをタクシーでぴったりとついてきているようだった。

「お前らだってデートしたことないって言ってただろうが」

『女心はあたしたちの方がよくわかってるわ。大丈夫、大船に乗ったつもりであたしたちに任せなさいっ』

「あのな――」

「真琴様、せっかくのデートなのですから今はわたくしとの時間を大切にしてほしいですわ」

隣に座るマリアが頬を膨らませて言う。

「はいはい。わかったよ」

『はいは一回っ』

イヤモニから長澤のお叱りが飛んだ。

☆　☆　☆

「……そうしたらお母様がお父様になんて言ったと思いますか？　あなた、それは頭にかぶるものではなく履くものですわよ、ですって。ふふふふっ」

「あー、そう。変わったお父さんなんだな」

「そうなんですのっ」

　言いながらマリアは楽しそうにけらけらと笑っている。

　俺とマリアはもうかれこれ三時間ほどドライブをしながら談笑を交わしていた。

　さすがに同じ体勢でいるのも疲れてきたなぁと思った頃、
　ぐぅ～～～。

　とマリアの腹が鳴った。

　マリアは恥ずかしそうにとっさに腹を押さえる。

『佐倉っ、今マリアちゃんのお腹《なか》が鳴ったことを上手《うま》くフォローしつつマリアちゃんをお昼ご飯に誘いなさいっ』

　と長澤の声。

「は？　なんだそれ――」

『いいから早くっ』

　……まったく長澤め。

「えっと、マリア気がつかなくて悪かった、もう昼ご飯の時間だよな。ハンバーガーでも食べに行くか……ってマリアはハンバーガーは食べられないんだったっけか、悪い悪い」

「……ふふっ。真琴様、わたくしチーズバーガーは食べられませんがハンバーガーでしたら食べられますわよ」

「ん、そうなのか？　じゃあ行こうか、俺すっごく腹減っちゃったよ」

「はいですわっ」

マリアは笑顔でうなずいた。

すると、

『及第点ってところね』

イヤモニから長澤の冷静な声が届いた。

◇◇◇

マリアとの昼ご飯を終えると今度は水川とのデートの時間が始まった。

「よ、よろしくお願いします……」

「あ、ああ、こちらこそ」

ただの練習なのに、水川が緊張しているものだから俺にまでその緊張がうつってしまう。

俺は変な緊張感を振り払うように咳《せき》ばらいを一つすると、

「水川の理想のデートってなんなんだ？」

自然な口調で訊ねてみた。

「え、えっと、わたしは……水の生き物が好きなので水族館とか行きたいです」

「水族館か、俺も好きだぞ水族館」

水族館は基本薄暗くて静かなので俺は結構気に入っている。

「あ、そ、そうですか。よかったです」

「じゃあこれから水族館に向かえばいいのか？」

「は、はい。お願いします」

そうして俺と水川は近くの水族館へと足を運んだ。

☆　☆　☆

クラゲの水槽の前で立ち止まる水川。

「クラゲが好きなのか？」

「はい。すごく神秘的で幻想的でわたしすごく好きなんです……あっ、あのクラゲはミズクラゲといって鑑賞用にペットとして飼われることもあるクラゲなんですよっ。きれいだな～」

水川はいつになく高いテンションで俺にクラゲの説明をしたかと思うと次の瞬間、「あっ、あっちにもっ」と駆け出して別のクラゲの水槽に向かっていった。

本当にクラゲが好きなんだなぁ。

水川の後ろ姿を眺めながら思う。

と、

『佐倉、今のうちよっ。蓮華のためにお土産売り場でクラゲのキーホルダーでも買っておきなさい。それをあとで渡すのよ』

　長澤の声がイヤモニに届いてくる。

「クラゲのキーホルダー？　よくわからないけどどうせならぬいぐるみとかの方がいいんじゃないのか？」

　俺の中では女子はぬいぐるみが好きというイメージがあるのだが。

『蓮華はクラゲのぬいぐるみは山ほど持ってるから別のものの方が絶対に喜ぶわ。とにかく蓮華に気付かれないうちに早く行ってっ』

「はいはい、行きますよ」

　俺は長澤の指示に従ってお土産売り場に向かうことに。

　目にも留まらぬ速さでお土産売り場に移動するとそこでキーホルダーを探した。

　がしかし、

「おい長澤、クラゲのキーホルダーなんかないぞ」

　どこを探しても目当てのものはみつからない。

『えー、よく探しなさいってば。絶対あるわよ』

　長澤は言うが時間的にもう余裕がない。

　もしかしたら水川が俺がいないことに気付いて探しているかもしれない。

　俺は「これくださいっ」と適当に近くにあったものを手に取り購入すると、水川の待つクラゲの水槽へと素早く戻った。

☆　☆　☆

「あ、あの今日はありがとうございました。す、すごく楽しかったです」

水族館を出たところで水川が頭を下げた。

「そう、それならよかった」

イルカショーやアシカショーなどではなく、クラゲやイソギンチャクといった地味なものしか見ていないのだが心底喜んでいるようなのでよしとしよう。

水川との水族館デートもこれで終わり。

俺はきびすを返そうとして、「あっ！」と声を上げた。

「ど、どうしたんですか？」

「いや、水川にプレゼントを買っておいたんだよ。今の今まですっかり忘れてた」

「プレゼント……ですか？」

俺はズボンのポケットから買っておいたものを取り出し水川に、

「はい、これやるよ」

と手渡した。

「えっ、これって……！」

「本当はクラゲのキーホルダーを探してたんだけどみつからなくてな、だからありきたりだけどぬいぐるみにしちゃったよ」

俺が水川に渡したのは三センチほどの大きさのクラゲのぬいぐるみだった。

「悪いな」

「そ、そんなことないですっ。わたしキーホルダーよりぬいぐるみの方が断然よかったですっ。ありがとうございますっ」

水川は心底嬉しそうに表情を明るくさせる。

……おいおい、話が違うぞ長澤。

「で、でもこれ本当に貰《もら》っちゃってもいいんですか？」

「ああ、初デートの記念てことで」

「あ、ありがとうございます佐倉さんっ。わ、わたしこれ一生大事にしますっ」

水川はその後何度も何度も俺にお辞儀を繰り返したのだった。

それはもう通り過ぎていく人たちが不審に思って振り返るくらいに。

◇◇◇

「やっぱりあたしはいいわ」

自分のデートの順番が回ってきた長澤は突然そんなことを言い出した。

「は？　お前が言い出したくせになんだよ」

「よく考えたら佐倉とデートの練習してもあんまり意味なさそうだし」

と身も蓋もないことを言ってのける。

まあたしかにその通りなのだが、だったら朝からたたき起こされお前たちに付き合ってきた時間を返してほしいものだ。

そう言ってやろうかと思ったその時、

「それはいけませんわっ」

マリアが口を開いた。

「せっかく真琴様が時間を作ってくださったのですから、途中で投げ出すのはよくないですわ」

「マリアちゃん……」

「そうだよ、マリアさんの言う通りだよ」

と水川も加わる。

「紅ちゃんがもしマリアさんとわたしのことを気にしてそんなことを言っているんだったら、全然嬉しくないからね」

「蓮華……」

水川が言ったことはよくわからないがその言葉が長澤には効いたのか、

「わかったわよ。佐倉とデートすればいいんでしょっ」

と長澤は半ばヤケになって声を張り上げた。

……俺とのデートを罰ゲームのように言うのはやめてくれ。

☆　☆　☆

「あたしは遊園地がいいわっ」

長澤のその一言で俺たちは遊園地デートをすることになった。

電車に乗り最寄駅《もよりえき》から歩いてすぐの遊園地に到着すると、

「早速ジェットコースターに乗るわよっ。佐倉ついてきなさいっ」

俺の意見も聞かず長澤は駆け出していく。

俺は観覧車やメリーゴーランドのような落ち着いた乗り物が好きなのだが一切聞いてはもらえず、俺たちは二時間ぶっ通しでジェットコースターに乗り続けた。

さすがにグロッキー寸前になった俺は、

「アイスでも買ってくるから待っててくれ」

と長澤を強引にベンチに座らせるとその場をあとにした。

「ふぅ～……しんど」

『真琴様、いい感じでしてよ』

距離をとって後ろからついてきているであろうマリアの声がイヤモニを通して伝わってくる。

「どこがだ」

彼氏の要望を無視して二時間ジェットコースター三昧。

経験こそないがこんなものがデートであるはずがない。

『さ、佐倉さん、聞こえていますか？　水川です』

「聞こえてるよ」

『紅ちゃんはチョコレートが好きなのでチョコレートアイスがいいと思います。もしなかったらイチゴでお願いします。バニラは嫌いなのでさけてくださいね』

「はいはい」

いっそのことバニラアイスをトリプルで買っていってやろうか。

長澤の苦々しい顔が見られるならそれも悪くないかもな。

☆　☆　☆

「ありがとうございましたー！」

結局二人分のチョコレートアイスを購入した俺は長澤の待つベンチへと向かった。

アイスクリーム屋が混んでいたのでもしかしたら待たせすぎて怒っているかもしれない。

そう懸念しながら戻ると長澤は見知らぬ男性二人から声をかけられていた。

うっとうしそうに二人の男性を無視しているところを見ると、知り合いというわけではなさそうだが……。

すると俺の姿に気付いた長澤は「おっそーい！」とベンチから立ち上がった。

「悪い悪い。それよりこの人たちは知り合い？」

「なわけないでしょ」

もしかしてと思い一応訊ねてみたがやはり知り合いではないようだ。

「佐倉が遅いから変なのに絡まれちゃったのよ」

と長澤。

「おい、変なのって誰のことだっ！」

「ちょっと可愛《かわい》いからって調子乗ってんじゃねぇぞ！」

長澤の挑発的なセリフに一気に沸点に到達する二人の男性。

だが長澤は気にも留《と》めず「佐倉、行きましょ」と俺の腕を取る。

「待てこらっ！」

頭に血が上ったヒゲ面の男性は長澤の肩を後ろから摑《つか》んだ。

サングラスをかけた男性も指を鳴らしながら俺たちをにらみつけている。

「ちょっと、汚い手で触らないでよねっ」

長澤がヒゲ面の男性の手をパシッとはたいたところで状況は一変。辺りは一触即発の緊迫した空気に包まれた。

今にも殴りかかってきそうな男性たちと今にも殴りかかっていきそうな長澤。

両者がガンつけ合う中俺はというと、アイスを持ったまま完全に蚊帳の外になっていた。

◇◇◇

『真琴様、長澤様を助けてくださいませっ』

『佐倉さん、紅ちゃんを守ってあげてくださいっ』

イヤモニからマリアと水川の声が飛んでくるが長澤のレベルはたしか90台だったはず。

相手の男性二人の心配をした方がいいのではないだろうか。

「おい、オレらのこと格闘系 YouTuber 最強の兄弟だって知らねぇわけじゃねぇよなぁっ！」

ヒゲ面の男性が声を上げた。

その怒声で遊園地に来ていたほかの客たちが「なんだなんだ」と騒ぎ出す。

「はぁ？　何それ、初めて聞いたわ」

長澤は男性にひるむことなく返すと「馬鹿じゃない？」と切って捨てた。

その瞬間だった。

「てめぇっ！」

サングラスをかけた男性の方が長澤に殴りかかった。

あれ？　結構速い？

すると、

ゴッ。

鈍い音とともに長澤は左頬を殴られ後ろに吹っ飛ぶ。

「長澤っ」

『長澤様っ』

『紅ちゃん！』

「う……くっ」

長澤はなんとか立ち上がろうとするも、膝に力が入らないようで這《は》いつくばっている。

そんな長澤を冷たい目で眺めながら、

「オレたちは兄弟そろってレベル99だぜ、女なんかに馬鹿にされてたまるかってんだ！」

「土倉《つちくら》兄弟を馬鹿にしたんだ、きっちり土下座して謝れやっ！」

自称 YouTuber 最強兄弟がほえた。

いくら得物を持っていないとはいえ長澤を殴り飛ばすとは、レベル99っていうのは本当らしいな。

そうなると長澤一人じゃ荷が重いか……。

「あん？　なんだてめぇ？　男は引っ込んでろ！」

「断る。彼女が殴られて黙っているわけにはいかないからな」

俺は兄弟と長澤の間に割って入っていた。

「佐倉……馬鹿……何やって……」

「悪い長澤。お前の方が強いと思ったから助けるのが遅れた」

「おいてめぇ、女の前だからってカッコつけてっと殺ぶふぅっっ!?」

ヒゲ面の方が唇がくっつきそうなくらい近付いてきたので、俺はたまらず持っていたアイスのスプーンで腹を突いた。

ヒゲ面は気を失ったのか膝から崩れ落ちる。

「佐倉っ……!?」

「なっ……!?　き、貴様兄貴に何しやがったっ!」

グラサンの方がそれを見て声を荒らげた。

「いや、ちょっとつついたら倒れた」

「き、貴様、殺してやるっ!　スキル、真空魔法ランク10っ!」

グラサンが魔法を唱えた。

直後無数の真空の刃が襲い来る。

「佐倉ぁっ!」

「馬鹿がっ!　オレたちに逆らうからこうなるんだっ!　せいぜいあの世で後悔するんっ…………な、な、なんで生きてやがるんだ貴様ぁっ!?」

「さあ?　俺にもよくわからん」

手ではじき飛ばすつもりでいたのだが、スキル【魔法耐性（強）】のおかげだろうか体に当たっても切り傷一つ出来なかったのだ。

「くっ……き、貴様なにもんだっ!」

「俺？　俺は……一応彼氏かな」

一時的な練習相手だけど。

「ふざけんなっ！　スキル、真空――」

「それはもういいよ」

俺は瞬時にグラサンの背後に回り込むとアイスのスプーンで背中を突いた。

グラサンは「ぐぁっ……⁉」という声にならない声を出すと、地面にばったりと倒れ込む。

その後、

「真琴様ーっ」

「紅ちゃーん」

すぐに駆け付けたマリアと水川によって、長澤は無事、何事もなかったかのように立ち上がった。

◇◇◇

誰かが警察を呼んでいたらしく、自称YouTuber最強兄弟は強要、暴行、そして殺人未遂で連行されていった。

その後俺たちも警察から事情を聞かれ、解放された頃には太陽は西の地平線すれすれにまで沈んでいた。

「佐倉、ごめんね」

電車に揺られながら隣に座る長澤がつぶやく。

「あたしがあいつらを挑発したせいでこんなことになっちゃって。反省してるわ」

長澤は借りてきた猫のようにおとなしくなっていた。

「別に気にしてないさ」

「マリアちゃんも蓮華もごめんね。せっかくの休日だったのに」

「謝ることありませんわ。悪いのは向こうなのですから」

「そ、そうだよ。紅ちゃんは何も悪くないよ」

対面に腰を下ろしたマリアと水川も長澤を気遣う。

俺たちは遊園地デートも中断、警察署をあとにして帰りの電車に乗って帰路についているところだった。

「はぁっ、なんであたしってこんな性格なのかしら。マリアちゃんや蓮華みたいに女の子らしかったらよかったのに……」

いつになく落ち込んでいる様子の長澤。ため息をつくとがっくりとうつむいてしまう。

それを見たマリアが「真琴様っ真琴様っ」と小声で俺に呼びかけてきた。

振り向くと、マリアは長澤を指差し何かを俺に伝えたいのか口をパクパクさせている。

？

はじめこそよくわからなかったが、マリアの唇を注視して読むと「フォローですわ」と言っているように見えた。

フォロー？

俺に長澤をフォローしろと言うのか？

俺は自分と長澤を交互に指差してみるとマリアはうんうんうなずく。

正直俺としては長澤をもう充分フォローしたつもりなのだが、これ以上どうフォローしろというんだ。

悩みながらもマリアと水川の期待に満ちた鋭い眼差《まなざ》しに気圧《けお》された俺は、仕方なしに長澤に声をかけた。

「な、なあ長澤」

「……うん？　なあに？」

「えっと……長澤は今のままでいいと思うよ。だってお前とのデートすっごく楽しかったし、いざこざもあったけどそれも含めていい思い出になったから」

「なによ、もう恋人ごっこはいいわよ」

「だから今度は観覧車に乗ろう。きっと楽しいからさ」

俺は長澤を無視して話を進める。俺はジェットコースターなんかより観覧車の方が好きなのだ。

「今度って……今度なんてないわよ、今日の練習は一回きり――」

「あるよ。また一緒に来よう。な？　長澤。それで今度は観覧車だ」

「……」

ちょっと強引過ぎたのか長澤は無反応。

まずい、怒らせたか？

俺は長澤の顔を覗《のぞ》き込《こ》み、

「……長澤？　聞いてる——」

声をかけようとすると長澤は一瞬微笑《ほほえ》んだかと思った次の瞬間、俺の目をギロッとにらみつけ、

「はっ、馬鹿じゃないの……今度はあたし本当の彼氏と来るから。佐倉はもう用済みよっ」

そう言ってぷいっと顔をそむけてしまった。

……おい、マリア。

お前のせいで長澤を余計に怒らせてしまったみたいだぞ。

俺はそんな思いを込めて恨みがましい目を正面に向ける。

だがなぜかマリアと水川は肩を寄せ合いにこにこと笑っていた。

⁇

なんだっていうんだ？

その笑顔はなんだ？

——結局俺にとって今日のデートはなんの勉強にもならなかったらしい。

目の前にいる女子たちの気持ちがまるでわからないのだから。

「はぁ～……」

ため息まじりに隣を見ると、そっぽを向いた長澤の耳が夕日に照らされきれいに赤く染まっていた。

第八章　神代《かみしろ》からの挑戦状

格闘系 YouTuber 土倉《つちくら》兄弟はネット上ではかなりの有名人だったらしく、二人の逮捕はネットだけでなくテレビでも扱われた。

そして同時に遊園地での俺と土倉兄弟との対決を動画で撮っていた人がいたようで、その動画が全国ネットの昼のニュースで放送された。

民放一局、それも一度きりの放送だったにもかかわらずテレビの影響力はやはり相当なもので、俺の家を突きとめたマスコミが放送翌日の朝から、俺へのインタビュー欲しさに大挙してやってきた。

「なあ真琴《まこと》、外の記者さんたちに一言くらい挨拶した方がいいんじゃないのか」

「真琴くん、記者さんたちにお茶とか出してあげた方がいいのかしらねぇ」

「いや、放っておけばそのうち帰ると思うから気にしなくていいよ」

父さんと義母《かあ》さんにそう言うと俺は二階の自室へと移動する。

……誤算だ。

あの時の喧嘩《けんか》を動画で撮っていた人がいたなんて……。

俺はパソコンを開くとネットを確認した。

すると、

「おい、嘘《うそ》だろ……動画が上がってるぞ」

ニュース映像で使われていた俺と土倉兄弟との対決動画が、有名動画サイトにいくつもアップされているではないか。

そしてネット上では［レベル99の最強兄弟を圧倒的な力でねじ伏せたこの少年は誰だ？］とか、［閃光《せんこう》の紅蓮団《ぐれんだん》の長澤紅子《ながさわべにこ》のデート相手は一体何者なんだ？］とか、しまいには［長澤紅子と水川《みずかわ》蓮華《れんげ》とマリア・ファインゴールドを三股にかけるイケメン許すまじ］といった投稿記事まで出て話題になってしまっていた。

「マジかよ……勘弁してくれ」

何事にもわずらわされることなく穏やかに暮らしたい俺にとって、この事態は非常に好ましくない。

「くそー……最悪だー」

俺は外でたむろする記者たちの声を遮断するように布団の中へと潜り込んだ。

☆　☆　☆

不幸中の幸いとでもいうのだろうか、記者たちは日中は家の前にいたが夜になると帰っていった。

そして次の日もその次の日も諦めてくれたのか、それともほかに旬な話題でもみつけたのか、二度と来ることはなかった。

ネットを普段からずっと見ているようなヘビーユーザーたちならともかく、それ以外の一般の人たちに俺のことはそうそう知られてはいまい。そう思い俺は買い物をするためスーパーに出かけてみた。

マスクをしていたという理由もあるだろうが、予想通り俺は特段指を差されることなどもなく、いつもと変わらず落ち着いて買い物ができた。

これは喜ばしいことだった。

☆　☆　☆

しかし動画がネット上に出回ってしまったことは事実なので、家に帰った俺はやはり再び安息の地であるダンジョンに潜るべく持ち物を整理していた。

するとそんな時、

ピリリリリ……。ピリリリリリ……。ピリリリリリ……。

スマホの着信音が鳴った。

スマホを手に取り画面を見ると見知らぬ番号が表示されている。

「誰だ、これ……？」

知らない番号からの電話は出ない方がいい、と聞いたことがあったので俺はそれを無視した。

だが、

ピリリリリリ……。ピリリリリリ……。ピリリリリリ……。

ずっと鳴り続けている。

ピリリリリリ……。ピリリリリリ……。ピリリリリリ……。


……あれ？　これってもしかしてマスコミか？

ふと頭に思い浮かんだ俺は、この際だから取材ははっきり断ってやろうと電話に出ることにした。

電話のマークをスワイプして、

「はい、もしもしっ」

スマホを耳に当て語気を強める。

『もしもし、佐倉《さくら》さんですか？　お久しぶりです、神代《かみしろ》です』

「えっ、神代っ⁉」

『はい。神代です』

電話の主は閃光の紅蓮団のリーダー、神代だった。

『すみません突然お電話してしまって。ちなみにこの番号は長澤さんから教えてもらったのですがまずかったでしょうか？』

「いや、別にいいけど……」

神代が俺になんの用だろう？

『ネットであなたの動画を拝見しましたよ』

「あー、あれね。神代も見たのか」

『相手はレベル99の二人組なのに見事な勝利でしたね』

「……うん、まあ」

めちゃくちゃ手加減したけどな。

『それで本題なのですが……』

「ああ、なんだ？」

『佐倉さん、あなたの本当のレベルはおいくつなのですか？』

「…………え」

神代の言葉に俺は固まってしまった。

◇◇◇

『もしもし佐倉さん、聞こえていますか？』

「……あ、ああ……聞こえてる」

『それでどうなのでしょうか？　佐倉さんの本当のレベルはいかほどなのでしょう』

「な、何を言ってるんだ。マリアが言ってただろ、99だって」

『それはマリアさんのレベルであってあなたは違いますよね』

淡々とした口調で神代は問うてくる。

「はあっ？　だ、大体レベルの上限が99だってことは全世界の常識じゃないか。お前もよく知ってるだろ」

『ええ、そうですね。でもあなたはその常識から抜け出てしまっているのではないですか？』

語尾こそ疑問形だが神代からは確信を持っているような迫力が感じられた。

「……なんで、そう思う」

『あの動画を見てですよ。レベル99同士なのにあまりにも実力差がありすぎます。まるで大人と子ども、いえ、大人と赤ん坊くらいの差がありましたよ』

「でも、例えばすばやさが倍になるスキルとか、相手の急所がわかるスキルみたいなものを俺が持っている可能性だってあるだろ」

スキルは十人十色。スキルの種類はこの世には数えきれないほどある。

戦闘を有利に運ぶスキルだって山ほどあるはずだ。

『僕はネット上でスキルに関するありとあらゆる情報を集めました。中にはたしかに【すばやさ2倍】といったスキルを持つプレイヤーがいることも実際に確認しています』

「だったら――」

『ですがあなたの強さは次元が違います。スキルの補正でどうこうなるものではないでしょう。おそらくですが、以前あなたが教えてくれたレベルフリーというスキルはレベルの上限がなくなるといった効果なのではないですか』

神代は核心を突いてきた。

うっ………確固たる自信を持っているこいつには急場しのぎの言い訳は通じそうにない気がする。

……し、仕方ない。

俺は覚悟を決めた。

「……ああ。まさにお前の言う通りだよ神代。俺のレベルは２０３７５だ」

『っ……!?』

今度は神代が言葉を失う。

「これみんなには秘密だからな。バレると騒ぎになるかもしれないだろ」

『二万……ですか……ふふっ、そうですね。もしそんなことがバレたら最悪国の研究機関にモルモットにされてしまうかもしれませんからね』

「おい、怖いことというなよ」

『すみません、冗談です……それにしてもやはりあなたは底が知れませんね』

「約束だからな、秘密は守ってくれよ」

神代は口が堅そうだから多分問題ないとは思うが。

『秘密にしておく代わりといってはなんですが僕の望みを一つだけきいてくれませんか？』

神代にしては珍しく交換条件を持ち出してきた。

「なんだよ。お金ならないぞ」

『ふふっ、お金なんていりません。なあに簡単なことですよ……』

次に神代が口にしたのは予想外のセリフだった。

『……僕と本気の勝負をしてください』

◇◇◇

「勝負？　俺と神代でか？」

『はい。本気の勝負です』

「神代、お前言ってること矛盾してないか？　俺の強さはほかのプレイヤーとは次元が違うんだろ。いくらお前が強いといっても悪いけど俺とじゃ相手にならないんじゃないのか？」

神代はレベル90台。それに比べて俺はレベル２０３７５。

とてもまともな勝負ができるとは思えない。

『今の僕の実力を試してみたいんですよ。佐倉さん相手なら僕も本気が出せますから』

「マジで言ってるんだな」

『もちろんです』

「死ぬぞ」

『かもしれませんね』

言いながら神代はきっと電話の向こうで涼しげな顔をしていることだろう。

「嫌だと言ったら……？」

『残念ですがあなたの秘密を全世界に公表します。そうなればあなたもあなたの家族も平穏な日常は二度と送れないでしょうね』

俺の痛いところを突いてくる神代。

「……ふ～。わかったよ、勝負をすればいいんだな」

『はい』

「いつ、どこでだ？」

『詳細はメールでお知らせしますので今日はこの辺で』

「そっか。俺のメールアドレスも知ってるんだな」

『はい。長々とお付き合いいただいてすみませんでした。では失礼します』

同い年とは思えない仰々しい挨拶を交わすと神代は電話を切った。

「はぁ～……何考えてるんだ、神代の奴《やつ》」

その日の晩に神代からメールで日時と場所が送られてきた。

勝負の日時は三日後の土曜日午後三時、場所は県内の採掘場跡地ということらしい。

☆　☆　☆

そして三日後――

「勝敗はどちらかが戦意を喪失したら終わりということで」

「確認だけど本当にやるのかっ？」

「はい。本気でお願いします」

俺と神代は人気のない採掘場跡地にいた。

距離を取りお互い向かい合って立っている。

「どうなっても知らないからなっ」

「構いませんよ」

「あー、じゃあもう好きにしろっ」

俺が半ばヤケになって突き放すと神代は口角を上げた。

そして、

「スキル、透明化っ」

神代は直後俺の目の前から姿を消したのだった。

◇◇◇

透明になった神代は完全に俺の目の前から姿を消した。

辺りを見回しても影すらない。

気配を探ろうとするも物音一つせず、

「神代、どこだっ」

声をかけてみるが当然のことながら返事もない。

「透明化か……」

厄介なスキルを覚えているな。

パシッ。

「っ⁉」

すると一瞬だが右頬に何かが当たった感触がした。

おそらくだが神代が俺に攻撃を加えたのだろう。

「神代っ、今攻撃しただろっ。でもちっとも効かないぞっ」

神代の〈ちから〉の数値は数百程度のはず。それに比べて俺の〈みのまもり〉の数値は約十万。

そこらのプレイヤーや魔物相手なら圧倒できるかもしれないが、俺にはまったくダメージはない。

気を張っていなければ攻撃されたことにすら気付かないくらいの力量差があるのだ。

さて、だがここからどうするか……。

火炎魔法を全方位に撃ちまくるという手もあるが、直撃したら神代が死んでしまうかもしれないし、やたら腕を振り回してもしまともに当たったりしたらそれこそ殺してしまうだろう。

かといって手加減はするなと言われているし。

パシッ。

くそ、これじゃお手上げじゃないか。

パシッ。

パシッ。

俺が頭を悩ませている間にも神代の攻撃が俺の顔面をとらえていく。

パシッ。

パシッ。

……痛みこそないがなんかだんだんムカついてきたぞ。

次攻撃してきたら腕を摑《つか》んでやるか。

そんでもって万力のように徐々に力を加えていけば、神代もすぐに降参するだろう。

よし、そうしよう。

俺は目を閉じ意識を顔面に集中させた。

どうせ見えないのなら目をつぶった方が、より攻撃に対する反応速度が向上すると思ってのことだ。


パシッ。


今だっ！

俺は右頰から十センチほどあいたところを両手で摑んだ。

ぐっと腕のようなものを摑めた感覚がある。

「神代っ、これで終わりだな」

俺は神代の見えない腕を摑む手に徐々に力を込めていく。

「骨が折れる前に早く降参した方がいいぞ」

「……くっ……そ、そうですね」

神代が自身で透明化を解いたのか、それとも痛みで自然と解けたのか、姿があらわになった。

俺と目が合った神代はさすがに苦しそうな表情を見せている。

「でも、まだですよっ。スキル、催眠魔法ランク10っ！」

「っ……!?」

神代が俺の目を見て叫んだ瞬間俺は強烈な睡魔に襲われた。

よろめいた拍子に摑んでいた腕を放してしまう。

「な、なんだっ……？」

「今のは相手を眠らせる魔法です。至近距離で目と目を合わせないと発動できないのが難点ですが、決まればこっちのものですよ」

「……眠らせる……魔法だって……？」

そんな反則すれすれの魔法聞いたことないぞっ……。

俺は地面に片手と両膝をつくと、今にもどこかに飛んでいきそうな意識をなんとか保ちながら神代を見上げた。

「神、代っ……」

神代は涼しげな顔で、

「僕の勝ちのようですね」

微笑を浮かべる。

「……くっ……」

あまりの眠さにもう眠気に身をゆだねて楽になってしまおうと思いそうになるが、神代の余裕に満《み》ち溢《あふ》れた笑みが少しだけだが癇《かん》に障った。

「……神代……見てろよっ」

多分、いやかなり痛いだろうが仕方がない……。

次の瞬間俺は自分の額をグーで思いきりガツンッと殴った。

「な、何をっ⁉」

「い、いってぇ～～……けど、目が覚めたぞ」

額からは血が滴り落ちているがとりあえず意識は取り戻せた。

俺はその勢いのまま、

「おりゃっ！」

血のついた右拳を地面に振り下ろす。


ドゴォォーン‼


そこにあった砂利がものすごい速さで飛び散り、無数のつぶてが俺と神代の全身を強打した。

「ぐあぁぁっ……！」

俺はなんともなかったが直撃を受けた神代は声を上げ後ろに吹き飛んだ。

どさっと地面に倒れ、転がる神代を見下ろしながら、

「俺の勝ちでいいよな」

そう問いかける。

「ぐぅぅっ……！」

痛みで声にならない様子の神代。

そのうめき声は事実上の敗北宣言。俺がそう思った直後だった――神代はぶくぶくと泡と化し消滅した。

「えっ⁉」

なんだっ？

神代の奴、消えたぞ。また透明にでもなったのか……？

だがそれにしては魔法を唱えた様子はなかったが……。

考えを巡らせていると、

「いえ、勝ちは僕のものです」

背後から神代の涼やかな声がする。

と同時に俺は見えないゴムのようなもので逆バンジーのごとく上空に引っ張られた。

「うおぉぉっ⁉」

わずか数秒で雲を突き抜けとんでもない高さにまで到達した俺の体から、見えないゴムのようなものが外れる感触がした。

すると俺の体は真っ逆さまに地面へと落下していく。

ぐんぐんと落下速度が上がっていく中、地上では神代が空を見上げ自分の勝利を確信したかのようににこにこと微笑《ほほえ》んでいた。

それを見て俺も思わず「ははっ」と笑ってしまう。

神代、楽しませてくれるじゃないか。

ものすごい速さで地面が目の前まで迫ってきたまさにその時、

「スキル、飛翔《ひしょう》魔法ランク２っ！」

俺は飛翔魔法を唱え激突寸前で空中に急停止した。

「なっ……!?」

神代は俺が空を飛べることは知らなかったので驚きの声を上げる。

俺は地面に下り立つと驚愕《きょうがく》の表情を浮かべている神代の懐に瞬時に飛び込み、

「神代、これで今度こそ終わりだ」

腹に出来る限り軽くパンチをお見舞いした。

「がはぁっ……！！？」

俺のパンチを腹に受けた神代は、くの字に折れ曲がり地面に倒れ込むとそのまま気を失った。

◇◇◇

「佐倉さん、どうもありがとうございました」

目を覚ました神代は用意のいいことに、持ってきていた薬草を上着のポケットから二つ三つ取り出して食べると、何事もなかったかのようにすくっと立ち上がり俺に頭を下げたのだった。

俺も神代から薬草を一つもらい、苦いので噛《か》まずにそのまま飲み込んだ。

「もう大丈夫なのか？」

「はい、おかげさまで」

服についた砂利をはたき落しながら神代が返す。

「途中お前が泡になって消滅したのはなんだったんだ？」

俺は勝負の最中気になっていたことを訊《き》いてみた。

「あれは分身魔法で作り出した僕の分身です。佐倉さんがここに到着する前からすでに分身と入れ替わっていて、僕本人は透明になって息をひそめていたんです」

と神代。

「そういうことだったのか……じゃあ俺を空高く吹っ飛ばしたやつは？　あれも魔法か？」

「はい。でも佐倉さんが空を飛べるなんて予想外でした」

「お前たちの前では使ったことないからな」

もし飛翔魔法がなかったら俺は地面に激突していたはずだ。

その結果がどうだったかはわからないが。

「それにしてもやはりまったく歯が立ちませんでした。完敗です」

「でも催眠魔法だっけ？　あれにはまいったよ。もう少しで眠るところだった」

【魔法耐性（強）】がなければかけられた瞬間眠っていたに違いない。

「まあ佐倉さん相手では実際は眠らせたところでどうしようもなかったんですけどね」

と神代は肩をすくめてみせた。

「結局かなり手加減されてしまったようですし、大口を叩《たた》いていた自分が恥ずかしいですよ」

俺が地面を殴りつけて出来たクレーターのような大きな穴を見下ろしながら言う神代。

「いや、手加減というか……」

そういえば本気で戦わなかったら俺の秘密をばらすと言っていたが……。

「あのさ神代、それでなんだが……俺のレベルについては黙っててくれるのか？」

すると神代は涼しげな顔で、

「はい、約束ですからね。僕たちだけの秘密です」

前髪をかき上げる。

「そっか。それならよかった」

「では寒くなってきましたしそろそろ帰りましょうか」

「ああ、そうだな」

俺たちはいつの間にか降り始めていた雪を眺めつつ帰宅の途についたのだった。

☆　☆　☆

それからしばらく経《た》って一月一日。

俺は朝からリビングで年賀状と年賀メールの返信に追われていた。

メールは中学の頃の友達数人と神代たちから。

年賀状は今現在ロシアにいるというマリアからだった。

それぞれ新年の挨拶と簡単な近況報告、それと思い思いの写真を載せていた。

俺は彼らに年賀メールを出していなかったことに気付き、急いで返信の文章を書き上げ送信していく。

そして年賀状を送ってきたマリアには——

「義母さん、年賀はがきってまだある？」

「あるわよ。誰に送るの？」

「ロシアにいる知り合い」

義母さんから年賀はがきをもらって返信することにした。

「真琴くんてロシアに知り合いがいるの？　年賀はがきって海外に送れる？」

「うん。七円切手を貼ればこのまま送れるんだよ」

ついさっきネット上で仕入れたばかりの知識を義母さんにひけらかすと、俺は年賀はがきに近況報告を書き込んでいく。


「マリアへ。

明けましておめでとう。

俺はマリアやマヤさんのおかげで両親と無事打ち解けることが出来た。

そのことをとても感謝しているし、マリアに強く当たってしまったことを今も後悔している。あの時は本当に悪かった、そしてありがとう。

俺の近況だが結局今さら高校に再入学する気にはなれず、プレイヤーとして主にダンジョンで生活している。

マリアとの日々は刺激的でなかなか楽しかった。もしまた機会があったら一緒にダンジョン探索でもしような。


佐倉真琴より」


「こんなもんでいいだろ」

「なんだ真琴、もう書き終わったのか？」

隣でやはり年賀状の返事を書く作業に追われていた父さんが、うらやましそうに俺を見る。

「うん。じゃあ俺ちょっと出しに行ってくるよ」

そう言うと俺は一枚の年賀はがきを持って家を飛び出した。

見上げると、雲一つない空にきれいな朝日が俺の行く末を明るく照らすように燦々《さんさん》と輝いていたのだった。

「はぁっ」

俺は掛け声とともに体長三メートルほどのキングゴブリンの腹を右ストレートで打ち抜く。

その瞬間キングゴブリンの腹に大穴が開きブシュゥッと血が飛び散った。

地面に倒れ消滅していくキングゴブリンを見下ろしながら、俺は着ていた服の左胸の辺りにあるボタンを押す。

すると服の周りに泡が溢《あふ》れ出《で》てきて、キングゴブリンの返り血を自動で洗い落としてくれる。

「やっぱり便利だな、これ」

前回のダンジョン探索で手に入れていた無洗服とやらに感心していると、

『ギャアァオ！』

緑のうろこを身にまとった体長五メートルはあろうかというドラゴンが姿を見せた。

『ギャアァァオ！』

しかも通路の後ろからももう一体現れた。

「今日はでかい魔物によく遭うな」

俺はその巨体を交互に見比べながらつぶやく。

『ギャアァオ！』

前にいたドラゴンが口から炎を吐いた。

俺はとっさにジャンプしてこれをかわすが、

『ギャァァァオ！』

後ろにいたドラゴンも俺に向かって炎を吐いた。

空中で逃げ場のない俺を炎のブレスが襲う。

ゴォォォォと炎に飲み込まれる俺を見てドラゴンたちは勝利を確信したのだろう、そろって口角を上げた。

だが――

『ギャァァオッ……!?』

『ギャァァッ……!?』

着地した俺はノーダメージだった。

魔物のブレス攻撃などは魔法と同じ扱いになるらしく、俺のスキル【魔法耐性（強）】が効くようなのだ。

そのため俺は炎に焼かれてもなんともないというわけだった。

しかし残念ながら服はそういうわけにはいかない。

「ちっ、せっかくの服がボロボロじゃないか……」

気に入っていた無洗服がボロボロに焼け焦げてしまっていた。

俺はたじろぎひるんでいるドラゴンたちをにらみつけ、

「この……お返しだ、いくぞっ」

飛び掛かっていった。

☆　☆　☆

ここは青森県と秋田県の県境にあるランクＧの未踏破ダンジョン。

俺はその通称「青い洞のダンジョン」の地下十九階にいた。

俺の現在のレベルは２２９９８。

レベル２１０００を超えた辺りで俺は飛翔《ひしょう》魔法のランクが３に上がり、しかも新たに【魔法効果２倍】というスキルを習得していた。

【魔法効果２倍】とはその名の通り、俺の魔法の威力を倍に高めてくれるスキルであり持っているだけで効果のあるものだった。

神代《かみしろ》との勝負でスキル次第では俺もまだまだだということがわかったので、俺はさらに強くなるべく、そして新たなスキルを身につけるべく、襲い来る魔物をひたすら狩っていた。

★　★　★

赤い影のダンジョン攻略には国から報奨金が支払われたが、それは沖縄の未踏破ダンジョンということでアメリカが興味を示していたことにより特別に支払われただけにすぎなかったようで、この青い洞のダンジョンに関してはクリア報酬などは特に設定されてはいないため、俺はみつけたアイテムをあとで買い取ってもらおうと片っ端から不思議なバッグにしまっていた。

ちなみに赤い影のダンジョン攻略の報酬の五百万円はすでに、父さんの治療費とこれまで俺を育てるのにかかったであろう費用として全額両親に渡してしまっている。

そのため今の俺はほぼほぼ無一文のような状態なのだった。

だがこの青い洞のダンジョンは誰もまだ攻略はしていないので、ここまでにアイテムは割と沢山みつけることが出来ていた。

それらを売れば将来に備えた貯蓄の足しにもなるだろう。

☆　☆　☆

《佐倉《さくら》真琴《まこと》のレベルが13上がりました》

「まったく……これもう使えないよなぁ」

レベルアップを告げる音声を聞きながら消えゆくドラゴンたちの死体を眺めつつ、俺は服のボタンを押してみる。

……。

うんともすんともいわない。

俺は焼け焦げた服を脱ぎ捨てると新しい服に着替えダンジョン探索を再開する。

「……やっぱりな。くそ」

「おっと、その前に一応ステータス確認しておくか。ステータスオープン」

レベルがキリのいい数字を超えたので、もしかしたら何か新しいスキルを覚えているのではないかと思い俺はステータス画面を開いた。

ちなみにこれは俺の経験則による私見だが、どうやら五の倍数のレベルを超えた際にスキルを覚えるかどうかの判定があるらしい。

ただこれが高額宝くじに当たるくらいの確率といったらいいのか、なかなか覚えてはくれない。

まあ、実際の宝くじなど買ったことすらないので、あくまで俺個人の感覚に過ぎないのだが……。

****

名前：佐倉真琴

レベル：２３０１１

ＨＰ：１５５１９５／１５５２１３　ＭＰ：１２４０７２／１２４２９８

ちから：１３６７７

みのまもり：１１９９６７

すばやさ：１１３２４１

スキル：経験値１０００倍

　　　：レベルフリー

　　　：魔法耐性（強）

　　　：魔法効果３倍

　　　：火炎魔法ランク10

　　　：氷結魔法ランク10

：電撃魔法ランク10
：飛翔魔法ランク4

****

「おおっ、魔法効果が3倍になってる！　それに飛翔魔法のランクも上がってるぞ」

幸運なことに俺のスキルは以前よりさらに強力に進化していたのだった。

◇◇◇

青い洞のダンジョン地下二十階。

「これはまた……圧巻だな」

青いうろこに大きな翼を生やした、体長六メートルほどのドラゴンの上位種であるハイドラゴンの群れが、地下二十階で大部屋に入った俺を出迎えた。

俺を見ると待ち構えていたかのように、

『『『ギャアアアァァァオッ‼』』』

一斉に咆哮《ほうこう》を上げる十数頭のハイドラゴン。

「……いいね。かかってこいっ」

俺は拳をぎゅっと握り締めた。

直後、

『ギャアアアァァァオッ‼』

先頭にいたハイドラゴンが牙をむく。

ハイドラゴンは俺を喰《く》い殺さんと大きく口を開け襲いかかってきた。

俺はハイドラゴンの攻撃を軽く手でいなすと、背後に移動し長い尻尾を摑《つか》んだ。

『ギャアアァァァオッ⁉』

「よいしょっ……」

そして尻尾ごとハイドラゴンの巨体を持ち上げ振り回すと、そのままハイドラゴンの群れめがけて思いきり投げ飛ばした。

『『『ギャアアアァァァオッ……⁉』』』

ものすごい轟音《ごうおん》とともに十数頭のハイドラゴンたちがボウリングのピンの如《ごと》く倒れ込む。

さらに手を前に出し、

「スキル、電撃魔法ランク10っ！」

バリバリバリィィィーー！！！

とどめに幾重にも折り重なったハイドラゴンの群れに、俺は雷と見まがうほどの超電撃を放った。

『『『ギャアアアァァァオッ…………‼』』』

魔法効果が3倍となったランク10の電撃魔法の威力は伊達《だて》じゃない。

刹那、ハイドラゴンたちの断末魔の叫びが部屋中に響き渡ると、息絶えたハイドラゴンたちは次々と消滅していった。

ハイドラゴンたちの焼け焦げた肉のにおいが充満する中、

《佐倉真琴のレベルが１９９上がりました》

俺は脳内に届いた機械音声を聞き流しつつ、ハイドラゴンたちのいた場所へと歩みを進める。

というのもハイドラゴンたちが消滅する際にアイテムを複数ドロップしていったからだ。

「えーっと〈毒消し草〉が一つに〈上薬草〉が二つ、〈ハイポーション〉が三つにエリクサーと魔石と〈ドラゴンの盾〉が一つずつか……」

ちなみに毒消し草は読んで字のごとく毒を消す作用のあるハーブで上薬草は薬草の上位互換、ハイポーションはポーションの上位互換のアイテムである。

俺は拾ったそれらを不思議なバッグにしまい込むと、

「よし、次の階に行くか」

きびすを返した。

すると部屋の入り口に目を丸くした小柄で可愛《かわい》らしい女性が立っていた。

そして俺と目が合うと、

「はわわっ……!?」

かくれんぼで鬼にみつかってしまった時のようにあわあわしだした。

誰だ……?

というかいつからそこにいたんだ……?

◇◇◇

俺は部屋の入り口にいた女性に会釈をして横を通り過ぎようとするが、

「……あ、あのぅ……今大きな魔物さんを軽々と放り投げてましたよねぇ」

その女性は舌っ足らずな口調で話しかけてきた。

ランク10の電撃魔法はともかく、巨大なハイドラゴンを軽く投げ飛ばすところも見られていたようだ。

「とってもとってもすごかったですぅ」

無視するわけにもいかないので、

「はあ、どうも」

とだけ答えると女性は続けて、

「あのぅ、違ったらすみません……もしかして佐倉真琴さんですか？」

口元に手を当てながら俺の名前を言い当ててみせた。

「え……なんで俺の名前を？」

もしや知り合いか？

そう思うも、お人形さんのように小柄で可愛らしい容姿をした目の前の女性にはまったく見覚えがない。

「やっぱり佐倉さんだぁ！　……あっすみません。わたし前にインターネットで佐倉さんの動画見たことあるから知ってたんです。あの動画かっこよかったですぅ」

女性はぱあっと顔を明るくさせた。

天使のようなその笑顔に一瞬目を奪われそうになる。

「ええっと……インターネット、ですか？」

「はい。遊園地で乱暴な YouTuber の人たちを懲らしめる動画です」

「あー……あれですか」

前に遊園地で俺が土倉《つちくら》兄弟をのした時の動画のことだな。

あの動画、未《いま》だに動画サイトにアップされてるんだよな、たしか。

「でもなんで俺の名前を知ってるんですか？　動画では俺の名前は出てなかったはずですけど」

「？　わたしが見た時はコメント欄に佐倉真琴って名前が載ってましたよ」

「え、マジですか⁉」

「はい。それと通ってた高校の名前も一緒に」

おいおい嘘《うそ》だろ。個人情報だだ洩《も》れじゃないか。

どうなってるんだ日本の法律は。

「それで、あなたは――」

「あ、わたしの名前は磯美樹《いそみき》といいます」

「えっと、磯さんはソロなんですか？」

「はい。本当はチームを組みたかったんですけど、わたしの周りにはプレイヤーになる人がいなかったので……」

磯さんはとたんにしゅんとしてしまう。

「そうですか。ソロだと大変でしょう」

俺はソロの方が気が楽だが。

「わたしレベルが低いのでアイテムを拾いながら逃げ回ってばかりなんですぅ」

磯さんは「えへへ」と自虐気味に笑ってみせた。

今いる青い洞のダンジョンはランクG。

ソロで潜るにはかなりのレベルが必要とされるはずだ。

「ちなみに磯さんはいくつですか？」

「わたしですか？　十八歳ですけど……」

「あ、じゃなくってレベルです。レベルはいくつですか？」

「あっすみません。えーっとレベルはですねぇ、ちょっと待ってくださいね」

そう言うと磯さんは「ステータスオープン」と声に出し、自分のステータスボードを確認する。

人差し指で目の前の表示画面をなぞりつつ、

「えっとですね……あ、わたしのレベルは22です」

と平然と口にした。

書き下ろし　神代《かみしろ》と海道《かいどう》

沖縄にある赤い影のダンジョンを、マリア・ファインゴールドとチーム閃光《せんこう》の紅蓮団《ぐれんだん》がクリアしたという話が日本中に知れ渡りしばらく経《た》ったとある平日の昼のこと、入矢《いりや》高校の一年A組の教室では長澤紅子《ながさわべにこ》と水川蓮華《みずかわれんげ》が机を向かい合わせてお昼ご飯を食べていた。

「五時間目は数学よ。まったく、憂鬱だわ」

長澤は机に肘をつき箸の先端をかじりながら言う。

「うふっ、紅ちゃん数学苦手だもんね」

そんな長澤の姿を見て微笑《ほほえ》む水川。

水川にとって長澤は幼い頃からの気心知れた親友だ。

「その後は英語でしょ。はぁ〜、さっさと放課後にならないかしら」

長澤は運動は得意だが勉強はちょっと苦手なのであった。

「えーっ、由美《ゆみ》告られたのっ⁉」

「マジでっ⁉」

「ねぇ誰から誰からっ？」

教室の真ん中で声を上げる女子生徒たち。

その様子をメロンパンを小さな口で頬張りつつ盗み見る水川。

「な〜に蓮華、恋愛話になんて興味なかったんじゃないの？」

「べ、別に興味があるわけじゃないよっ。声が聞こえたからちょっと見てただけで……」

「ふ〜ん……蓮華さぁ、佐倉《さくら》に会いたい？」

「うっ、こほっ、こほっ……な、何急に言い出すの紅ちゃんっ⁉」

水川は不意に飛び出した佐倉という言葉にむせてしまう。

慌てて牛乳を口に流し込む。

「違った？　なんかそんな気がしたからつい」

「もう〜、怒るよ」

「ごめんごめん」

水川は怒った振りをしてなんとか話をはぐらかしたつもりだが、顔が赤くなっていることに本人は気付いていない。

長澤はそんな水川を見て別角度から攻めてみる。

「ねぇ蓮華、あたしたちって女子高生よ」

「うん、知ってるよ」

「なのにバイトもしてないし恋愛もしてないし毎日勉強と部活ばっかり、たまの休みはダンジョン探索ってもったいないと思わないっ？」

「もったいない？　よくわからないけど……」

紅ちゃんは何を言っているのだろう、と水川は首をかしげた。

「華の女子高生なのよ、デートの一つくらいして青春を謳歌《おうか》したいでしょっ」

「え、ど、どうだろう……」

と困り顔の水川。

その時長澤のスマホの着信音が鳴る。

スマホを手に取り画面を確認した長澤は、

「あ、マリアちゃんからだわっ」

とやや大きめな声でつぶやいた。

「え、紅ちゃん、マリアさんの番号知ってるの？」

「うん、この前交換しといたの。ちょっとごめん、大事な用かもしれないから出るね」

長澤はそう言って水川に一言断ると「はいもしもし、マリアちゃんっ」とスマホを耳に近づける。

☆　☆　☆

一方その頃、隣の一年B組の教室では神代閃一《かみしろせんいち》と海道光《かいどうひかる》が他の男子生徒数人と一緒にやはりお昼ご飯を食べていた。

神代は九曜《くよう》さんという住み込みのお手伝いさんの作った豪華絢爛《ごうかけんらん》なお弁当に、海道は母親の作ったご飯大盛りのお弁当にそれぞれ舌鼓を打っている。

神代は学校にいる時は眼鏡をかけているのでダンジョンでの印象とは少し違うが、周りの生徒たちからすればそれは見慣れた姿だった。

「神代、昼飯食い終わったらちょっと付き合ってくれ」

「剣道の自主練ですか？　構いませんよ」

神代と海道は同い年の同級生だが神代は敬語で返した。

「サンキュー」

だが海道はそんなことまったく気にしてはいない。

神代の敬語は癖みたいなもので今に始まったことではないからだ。

「どうでもいいけどお前たちほんと仲いいよな」

一緒に昼ご飯を食べていた男子生徒のうちの一人が口を開く。

すると別の男子生徒も、

「そうだよな、神代と海道って性格全然違うのに不思議だよなぁ」

それに続いた。

「ん、そうか？　別に普通だぞ。なあ神代」

口いっぱいにご飯を頬張りながら海道。

「ええ、そうですね」

「お前たちっていつから知り合いなんだ？　幼なじみとかか？」

「いえ、僕たちが出会ったのは中学生の時ですよ」

「へー、そうなのか」

するとその話をたまたま耳にした別のグループの女子生徒が、

「え、なになにっ？　神代くんなんの話してるのっ？」

身を乗り出して会話に割って入ってくる。

「神代と海道の出会った時の話だよ」

「えー、聞きたい聞きたいっ。わたしにも聞かせてっ」

「あ、私も興味あるー」

「わたしもわたしもっ」

女子生徒たちが話に食いついてきた。

神代は女子生徒たちから人気があるので当然と言えば当然の反応だった。

「特段面白い話でもありませんよ」

「えー、いいじゃん、教えてよ～っ」

「神代、おれもう食い終わったから先行くぞ。お前も早く来いよ」

「はい、わかりました」

海道は神代にそう言うとさっさと教室をあとにした。

「ねっ神代くん、教えてっ」

「しかし海道さんが待っていますから」

「ちょっとだけでいいからぁ～」

「おれたちも興味あるぜ」

「いいだろ、少しくらい」

男子生徒も女子生徒も興味津々だ。

「う～ん、そうですね……それでは、かいつまんで短めにお話ししますよ」

神代は同級生たちに根負けし昔の出来事を語り出すのだった。


「あれは三年前の夏でした……」

☆　☆　☆

「神代くん、頑張ってねー」

「応援してるわ、神代さんっ」

通りすがりの他校の女子生徒たちから黄色い声援を受け、当時十三歳の神代閃一は「ありがとうございます」と笑顔で返す。

全国中学校剣道大会当日を迎え個人戦で出場を決めていた神代は、両腕に沢山の清涼飲料水の入ったペットボトルを抱えて、試合が行われる会場へと急ぎ足で向かっていた。

会場へ入り剣道部の先輩たちのもとへ戻ると、

「遅ぇぞ神代っ！」

「何分待たせんだよっ！」

三年生の先輩たちの怒号が飛ぶ。

「すみませんでした」

神代は謝りながら先輩たちにペットボトル飲料を手渡していく。

「まったくよう、こんな簡単なことも出来ねぇのかよ」

「一年で全国出られるからって調子に乗ってんじゃねぇのか」

「いえ、そんなことは……」

「口答えすんなっ」

「……すみません」

神代はペットボトル飲料を配り終えると先輩たちとは少し離れた場所に腰かけた。

神代の通う青鷗《せいおう》中学校は剣道において古豪の学校であったが、最近はまったくと言っていいほど実績を残せていなかった。

そして今年の夏もまた青鷗中学剣道部は団体戦、個人戦ともに不甲斐《ふがい》ない成績で終わってしまった。

だがそんな中例外が一人いた。それは神代だった。

入学して間もない一年生の神代だけは個人戦で全国大会出場を決めていたのだった。

そのことに教師、生徒をはじめとして学校中の関係者たちはもろ手を挙げて喜んだ。

そして剣道部一同だけではなく学校の応援団も神代のために全国の舞台に駆けつけていた。

しかしながら、剣道部の三年生の先輩連中は実のところそのことをこころよく思ってはいなかった。

自分たちは最後の年に出場できないのに、後輩の神代の応援のために付き添うなど恥の上塗りでしかなかったからだ。

そのため彼ら三年生の先輩連中は、先輩風を吹かせて試合前の神代をこき使っていたのだった。

剣道に全然詳しくない貧弱そうな顧問の先生が、

「神代くん、そろそろ一回戦の出番じゃないのかい？」

神代に声をかける。

「はい、そうですね。では行ってきます」

神代は立ち上がると顧問の先生に一礼してその場をあとにした。

剣道着を着た神代はそのまま試合へと向かう。

☆　☆　☆

「勝負あり！」

神代のあざやかな面が相手の頭頂部に決まった。

「きゃー、神代くんっ！」

「神代さん、かっこいいーっ！」

女子生徒たちの声援が降ってくる中、危なげない勝ち方で一回戦を突破した神代は丁寧に相手にお辞儀をすると観覧席へと戻る。

すると先輩たちは乾いた拍手で出迎えた。

「お疲れ神代」

「まあ、お前なら当然だよな」

「なんたって学校中が期待してるエースだもんな」

「ひゅー、かっこいい神代くん」

嘲笑交じりに先輩たちが神代を見やる。

それを神代はただ涼やかな顔で「いいえ」と受け流した。

ちょうどその時、

「うぅっしっ！」

大声を上げる選手がいた。

会場にいた全員が何事かと声のした方を振り向く。

会場中の視線を一身に浴びていたのは当時十三歳の海道光であった。

「きみ、あまり騒がないようにっ。一本取り消すよ」

審判に注意され「あ、すんませんしたっ」と返す海道。

海道は一年生のこの頃からすでに身長が百七十五センチを超えていて、海道の通う大港《おおみなと》中学校の剣道部では文字通り大物ルーキーともてはやされていた。

「なんだ、あいつ？」

「礼儀がなってねぇな」

「あんな奴《やつ》が全国の舞台に立ってるのかよ」

「ゴリラみてぇな奴だな、ふははっ」

神代の先輩たちが自分たちのことは棚に上げて海道を小馬鹿にする。

そんな海道は審判に見えないように小さくガッツポーズをしつつ畳の上から下りて面を外した。

額の汗を剣道着の袖で無造作に拭うと何気なく観覧席を見上げた海道。

その視線の先にはたまたま神代がいて二人はここで初めて目を合わせた。

だがもちろんこの当時は知り合いでもなんでもなかったので、すぐに視線をそらすと海道は会場を出ていく。

☆　☆　☆

この頃の神代は背が低かった。

現在は百七十七センチある神代だが、当時は中学一年生男子の平均身長よりもずっと低く、整列する時はいつも一番前だった。

　しかし頭は飛びぬけてよく、見た目もさながらアイドルのようなルックスだったため女子生徒たちからは人気があった。

　それも先輩たちからすると神代を気に入らないと思う一つの要因になっていたのだろう。

「おい神代、腹減った。コンビニでなんか買ってきてくれっ」

「え、そろそろ僕次の試合が……」

「そんなのまだ先だろっ」

「あ、だったらおれたちが行ってきますよっ」

　気を利かせた二年生の剣道部員が手を上げるも、

「お前たちじゃなくて神代に頼んでるんだよっ」

　意地の悪い三年生の先輩はその申し出を一蹴する。

「わ、わかりました。僕が買ってきます」

「よし、じゃあオレ焼肉弁当なっ」

「おれはカツサンドとツナマヨのおにぎり二つ」

「カレーうどん」

「ざるそばと焼きそばパン買ってきてくれ」

「じゃあおれは……」

　この後も先輩たちの注文は続きかなりの量になった。

神代はその先輩たちの言葉を一言一句聞き漏らさずに憶《おぼ》えていく。

「ほら、金持ってけ」

「腹減ってんだから急げよっ」

「はい、では行ってきます」

そう言うと神代は駆け足で会場をあとにするのだった。

☆　☆　☆

神代が会場近くのコンビニに剣道着姿で入ると、コンビニ内には他にも剣道着を着た人たちやテニスウェアを着た人たちがいた。

神代は他のお客の邪魔にならないように移動すると、先輩たちの注文したパンやお弁当を手に持ったカゴに入れていく。

（カレーうどんとざるそばとあとはツナマヨネーズのおにぎりか……）

神代がおにぎりの棚に向かうとツナマヨのおにぎりを探した。

するといつもは大量にあるはずのツナマヨのおにぎりが一つしかない。

（危ないところだった……これでなかったら先輩になんて言われるか）

神代はツナマヨのおにぎりに手を伸ばす。

とその時だった。

神代と同じタイミングで残り一つのツナマヨのおにぎりに手を伸ばした人間がいた。

それはついさっき試合が終わったばかりの海道だった。

偶然にも神代と海道の手と手が触れ合う。

「あ、すみません」

とっさに手を引く神代。

「おっと、これお前も欲しかったのか？」

「はい、ですが構いませんよ」

「そうか、悪いな。っていうかお前チビのくせしてめちゃくちゃ食うんだな」

海道は神代の持っていたカゴの中のお弁当を見て言う。

「いえ、これは先輩たちの分です。僕は一年生ですから」

「ん、そうなのか。だったらこれ買っていかないとまずいんじゃねぇのか？」

「まあ、そうかもしれませんね」

「おい、かみだい。おれも一年だから敬語はいいぜ」

「かみだい？」

神代は意味が分からず繰り返した。

「お前の名前かみだいだろ？　ほらそこに書いてあるだろうがっ」

海道は神代の剣道着を指差し声を大にする。

たしかに剣道着の垂には［神代］と名前が書かれているが……。

「あ、これはかみしろと読むんです。僕は神代といいます」

「なんだ、かみしろって読むのか。まぎらわしいな……つうか敬語はよせって言ったろ。同学年だぜ」

少しだけイラつく海道。

「すみません、癖みたいになってしまっていてなかなか直せないんです」

「なんだそりゃ。変な奴だなお前」

「すみません。それでは僕は急ぐのでこの辺で失礼します」

神代はツナマヨのおにぎりの隣にあったエビマヨのおにぎりを手に取り、カゴに入れるとレジカウンターに向かおうとする。

だが、

「おい、神代っ」

「はい？」

振り返った神代に海道は持っていたツナマヨのおにぎりを放り投げた。

神代は類いまれなる動体視力と反射神経でこれを難なくキャッチしてみせる。

「？　これはどういうことですか？」

「お前に譲ってやるよ」

「いいんですか？」

「ああ、おれはエビマヨも好きなんでな」

言うなり海道は神代の持つカゴの中からエビマヨを奪うように取り出した。

「ほら、早く行けよ。先輩が待ってるんだろ」

「はい……ありがとうございます海道さん」

神代は海道の着ていた剣道着の垂を見てそう答えると足早にレジカウンターへと向かうのだった。


「おっせぇよ！　何やってたんだ神代っ！」

会場の観覧席にお弁当を買って戻ると先輩が神代に怒声を浴びせた。

「待ちくたびれたぜっ、まったく」

「お待たせしてすみませんでした」

謝りながら先輩たちにお弁当を手渡していく神代。

そんな神代に顧問の先生が、

「神代くん、さっき君の名前が呼ばれていたよ。あとはわたしがやるから君は早く試合に行ってきて」

優しく教えてあげる。

「あ、はい。すみません、では行ってきますね」

お弁当の入ったコンビニ袋を顧問の先生に預けた神代は二回戦に臨むため急いで観覧席を離れた。

☆　☆　☆

その後、神代と海道は順調に勝ち進んでいき両者とも決勝戦へと駒を進めていた。

そして畳の上でその両者が向かい合う。

「へっ、まさか神代、お前が決勝の相手になるとはな」

「よろしくお願いします、海道さん」

お互いに竹刀を構える。

「始め！」

審判の掛け声とともに神代と海道が前に出た。

「小手っ！」

先に仕掛けたのは神代だった。

素早い攻撃で海道の手元を狙う。

だが浅かったようで有効な打撃とは認められない。

続いて海道が体でぶつかっていった。

押し合いになるも圧倒的な体格差で海道が有利な位置取りをしそのまま「面っ！」と叫ぶ。

だがこれも浅く有効打とはならなかった。


（なんて力だ……）

神代が心の中でつぶやいているまさにその時、

（なんて反射神経だ……）

海道もまた驚きの声を心の中で漏らしていた。


それから両者膠着《こうちゃく》状態が続いた。

攻めては守り、守っては攻め。


だが決着の瞬間は突然訪れた。

お互いが面を打ち合い、

「「面っ！」」

バシィイン!!

鋭い音が鳴り響き二人の審判の白旗が斜めに上げられた。


「勝負あり！」

勝ったのは海道だった。

会場が大歓声に包まれる。

だが海道は喜びを爆発させることなく静かに神代をみつめていた。

海道は悟っていたのだ。

もし神代が自分と同じ身長だったなら、間違いなく負けていたのは自分だと。

実はこの試合を近くの会場でたまたまテニス部の先輩の応援に来ていた佐倉真琴《まこと》が目にしていたのだが、神代や海道はもちろんそのことは知らない。

そして――試合後、

「おい神代っ」

海道が神代を呼び止める。

「はい、なんですか？」

「お前、名前はなんていうんだ？」

「え？　神代ですけど」

「違う、下の名前だっ。せっかくだから憶えといてやる」

ぶっきらぼうに言い放つ。

「そうですか。僕は神代閃一といいます」

「そっか……おれは海道光だ、憶えとけ」

言うと海道は照れくさそうにその場を立ち去っていった。


そして観覧席に戻った神代。

「なんだよ、負けやがって」

「せっかくオレたちがこんなところまで応援に来てやったたっていうのによ」

「これなら授業に出てた方がまだマシだったぜ」

先輩たちが神代に対してボロカスに言う。

「……すみませんでした」

「一年坊に負けちまって情けねぇ」

「しかもあんなゴリラみてぇな筋肉ダルマ相手によう」

「ったく、マジ時間返してほしいよなっ」

神代は涼しい顔をして聞き流していたがその実、心の中ではふつふつと怒りがこみあげていた。

その怒りが沸点に達するのも時間の問題かと思われたその時、

「誰が筋肉ダルマだ、こら」

海道が声を発した。

見ると神代の後ろに海道が腕組みをしながら立っていたのだった。

「な、て、てめぇいつの間にっ……」

「海道さん……」

「よう、神代。こいつらがお前の先輩って奴らか？」

「まあ、そうですけど」

「おい、先輩たち。ちょっとツラ貸せや」

海道はとても中学一年生とは思えない迫力で神代の先輩たちを見下ろした。

「「「ひっ……！」」」

その威圧感に圧倒された先輩たちはそそくさと退散していく。

「けっ、なんだよ、腰抜けどもが」

「ありがとう海道さん」

「ば、馬鹿言うな。別にお前のためとかじゃないからなっ。じゃ、じゃあな、また大会で会おうぜっ」

「ふふっ……はい、わかりました」


——そして現在。

「……というわけでその後も海道さんとは全国大会で何度か顔を合わせましたが、入矢高校で偶然の再会を果たしたわけです」

「へー、そうだったの」

「海道くんって昔から変わらないんだな」

「っていうか神代ってチビだったのか、そっちの方が意外だぜ」

「ふふっ。さてと、海道さんが首を長くして待っていると思うので話はこれで終わりです。僕はもう行きますね」

席を立つ神代。

髪をかき上げ颯爽《さっそう》と教室を出ていく姿は男子生徒も女子生徒も惚《ほ》れ惚《ぼ》れとする美しさだった。

☆　☆　☆

時を同じくしてロシアでは、

「マヤっ、これから日本に向かいますわよっ」

マリアが自家用ジェット機で今まさにロシアを飛び立とうとしていたのだった。

「目指すは真琴様のおうちですわっ！」

第1巻　完

あとがき

本作を手に取ってくださった皆様、初めまして。ありがとうございます。

この小説は、わたしが２０２０年の11月から「小説家になろう」様にて書き始めたものです。

当時わたしは、過敏性腸症候群という病気にひどく悩まされており、仕事もまったく出来ない状態でした。

家にいる時間が自然と増え、今の自分に何が出来るのかをよく自問自答しておりました。

そんな中、「小説家になろう」様に偶然出会いました。

サイトの存在は、以前から風の噂程度には知っていたのですが、どういったサイトなのか、どれくらいの人たちが利用しているのかはよく知りませんでした。

当初は読む専門でした。しかし、沢山の小説を読んでいくうちに自分も小説を書きたいという欲が出てきました。

それと同時に、もしかしたらこれが仕事につながるかもしれない、つながればいいな、という淡い期待も持ち始めました。

とはいえ、そんな簡単にいくはずないであろうことは当然わかっていましたし、事実そうでした。

それでも家にいる時間を少しでも有意義に使うため、わたしは小説を書き続けました。

そして『最強最速』を執筆するに至ったのです。

わたしは小学生の時も、中学生の時も、高校生の時も、そして大学生の時も、まったくと言っていいほど勉強をしていませんでした。

それでも中学までは意外となんとかなったのですが、高校からは目に見えて成績が下がり始めました。テストを受ければ赤点ギリギリでした。

そんなわたしが「小説家になろう」様のおかげで、本当に小説家になれたのです。

感謝してもしきれません。

子どもの頃は、漫画家ってすごいなぁ、漫画家になれたらいいなぁ、などという夢を漠然と思い描いていたりもしたのですが、自分には絵心が一切ありませんでしたので、いつの間にか諦めていました。

でも今では、職種こそ違えど、創作という点では似たような職につけたのではないかと、時折り本作を眺めては自画自賛しております（笑）

今回の書籍化に伴いまして、あちこちを手直しして加筆したり、新たにゼロから書き下ろしを仕上げたりと実に胃の痛い作業でありました。

また、本屋さんに行って「小説家になろう」様からの書籍化のラインナップを見て、「ここに並ぶのかなぁ……ぐふふ」と変に緊張して、またもや胃が痛くなったりもしました。

しかし、自分の書いた小説が本になって日の目を見るということはとても光栄なことであり、大変喜ばしいことなので、胃痛くらいどうということはありません。むしろどんと来いですっ。

最後に、本作は様々な方のお力添えによって世に出る運びとなりました。

「小説家になろう」様と他の小説投稿サイトの読者の皆様、打ち合わせ関係で色々とご迷惑をお掛けした担当編集様、素晴らしい美麗イラストを描いてくださったトモゼロ様、出版社の皆様、心より感謝しております。

そんな多くの方々に支えられて出来上がった本作は、ファンタジー小説が好きな方にも、普段あまりファンタジー小説は読まないよという方にも、自信を持ってお勧めできる一冊となっております。

巻末の書き下ろし小説も楽しんでいただけましたでしょうか。そうであれば幸いです。

ここまで長々と一人語りしてしまいましたが、お付き合いくださりありがとうございます。

今後とも『最強最速』をご贔屓《ひいき》に、そして末永くお付き合いくださると大変嬉しいです。

シオヤマ琴《こと》

月マガ基地にて
連載中!
夢《ゆめ》を
収入《しゅうにゅう》を
名声《めいせい》を
自由《じゆう》を求《もと》め
探索《たんさく》をする者《もの》たちには特別《とくべつ》な名《な》が必要《ひつよう》だ
畏《い》怖《ふ》と畏《い》敬《けい》の念《ねん》を込《こ》めて
こう呼《よ》ぶとしよう
コミカライズ版!!
最強《さいきょう》で最速《さいそく》の無《む》限《げん》レベルアップ
~スキル【経験値《けいけんち》1000倍《ばい》】と【レベルフリー】でレベル上限《じょうげん》の枷《かせ》が外《はず》れた俺《おれ》は無双《むそう》する~
原作 シ ヤマ琴 漫画 鳥羽田 航 キャラクター原案 トモゼロ

“探索者《プレイヤー》”と
コミックス第①巻
11月9日発売!!

Kラノベブックス

最強《さいきょう》で最速《さいそく》の無限《むげん》レベルアップ
～スキル【経験値《けいけんち》1000倍《ばい》】と【レベルフリー】でレベル上限《じょうげん》の枷《かせ》が外《はず》れた俺《おれ》は無双《むそう》する～

シオヤマ琴《こと》

2023年9月28日第1刷発行

発行者	森田浩章
発行所	株式会社 講談社 〒112-8001　東京都文京区音羽2-12-21
電　話	出版　(03)5395-3715 販売　(03)5395-3605 業務　(03)5395-3603
デザイン	石田 隆（ムシカゴグラフィクス）
本文データ制作	講談社デジタル製作
印刷所	株式会社KPSプロダクツ
製本所	株式会社フォーネット社

KODANSHA

ISBN978-4-06-526732-5　N.D.C.913　317p　19cm
定価はカバーに表示してあります

ファンレター、
作品のご感想を
お待ちしています。

あて先
〒112-8001　東京都文京区音羽2-12-21
(株) 講談社　ライトノベル出版部 気付
「シオヤマ琴先生」係
「トモゼロ先生」係

Kラノベブックス

ブラック国家を追放されたけど【全自動・英霊召喚】があるから何も困らない。1～3

最強クラスの英霊1000体が知らないうちに仕事を片付けてくれるし、みんな優しくて居心地いいんで、今さら元の国には戻りません。

著:六志麻あさ　イラスト:へいろー

キラル王国の宮廷魔術師、フレイ・リディアはある日突然国を追われた。
しかし大魔導師の子孫たる彼は、歴史上最強クラスの英雄1000体が自動的にさまざまな問題を解決してくれる能力――【全自動・英霊召喚】を持っていた。
英雄達の力を結集し、一躍国を左右する絶大な能力を発揮し始めたフレイは、
魔王の侵攻に対峙し、これをなんとか撃退するのだが……!?
――すべてはあの日の追放劇から始まった！
最強英雄達を統べる、伝説の大魔導師の力を自在に駆使する、
フレイが紡ぐ新たなる英雄譚がここに開幕!!

Kラノベブックス

Destiny Unchain Online
～吸血鬼少女となって、やがて『赤の魔王』と呼ばれるようになりました～

著:resn　イラスト:ヤチモト

高校入学直前の春休み。満《み》月紅《つきこう》は新作VRMMORPG『Destiny Unchain Online』のテストを開発者である父に依頼された。ゲーム開始時になぜか美少女のアバターを選択した紅は、ログアウトも当分できないと知り、せっかくだからとゲーム世界で遊び尽くすことに決めたのだが……!?

——ゲーム世界で吸血鬼美少女になり、その能力とスキル（と可愛さ）であっという間にゲーム世界を席巻し、プレイヤー達に愛でられつつ『赤の魔王』として恐れられる？ことになる、紅＝クリムの物語がここに開幕!!